三國

李慕——著

誦明月之詩，歌窈窕之章。
駕一葉之扁舟，舉匏尊以相屬，寄蜉蝣於天地，渺滄海之一粟。
哀吾生之須臾，羨長江之無窮，知不可乎驟得，託遺響於悲風……。

這篇小說，以三國人物的詩、文做基底，以過去人物的思維、形象，重塑三國人物穿越現代的處境。

思想，在時空交錯中，也能夠得到相同的感動與信仰。
每個三國人物的困境，在這個時空，我們依然反覆遭遇……。

目錄

首章

雲無心而出岫

十月初的天，風清清涼涼，催動著樹枝末稍的葉片，那一頭搖搖欲墜，卻又勾著枝頭，突然間，隨著風，它就這樣落下了，但並不保證它能直落到地，不斷橫出的枝節，不斷的風，不斷的阻止著……。

很多時候，生命就如此的不可思議，如此的多變，就如同張飛的聯考成績，莫名其妙的多了一百多分，這真是個奇妙的經歷，他從來都不曉得，原來，人可以活的如此高興，本來，他連工地泥作的工作都找好了，

「就幹個土木工程師吧！」面對生命的苦悶，他只能如此自嘲著。

沒想到，要讀大學了，他在猜想，可能他將所有的答案都寫錯格了吧！這真是要拜他前一晚「熬夜苦讀」所賜，

「真是太美了！」一種不勞而獲的喜悅，更是令他興奮久久。

唯一美中不足的是，當時為了報復，為了自嘲，為了莫名奇妙的勇敢，他很無聊的將T大數學系填成第一志願，這個他認為念了必定會「折壽」的科系，

「不可能上的啦！」他心理在暗笑，

「就算上了也不會有人相信的啦！」

「上了我也念不了的啦」

但是，現在他卻被迫必須在完整的喜悅中切割下一部分的悲傷去思考這個問題，

「有人會相信嗎？」

「我念的來嗎？」

可能真的有人會相信，當第一通三姑六婆的電話打到張飛家，張飛他老媽告訴他們張飛考上T大數學系的時候，他們都開始瘋狂了！

「他真的很聰明せ！」

「可不可以拜託他來教我們阿三？」

「他將來是不是會念博士？」

「他會不會得諾貝爾獎？」

「他是不是愛因斯坦轉世」

張飛一直在懷疑，他們說的究竟是誰，幾天前，張飛還是他們心中一個錯誤的榜樣，被不斷提出告誡著他們的子女，沒想到，才一瞬間……。

面對這些人，張飛心中有很深的無奈，對於他們的善變，對於他們的熱情，甚至對於他們一致的臺詞，張飛心想，三姑六婆可能真的是天生的，不然臺詞怎麼都這

麼一致，可能這就是佛家所說的「宿命」吧，他們這些人就在這些舌間輪迴，三生三世的糾纏。一個暑假，他就接了不下兩百通這種煩死人的電話，最氣人的是打電話來「恭賀！」的人竟然沒有重複，讓他連抱怨的機會都沒有，他真不曉得他老媽哪去認識這麼多吃飽閒著的人。

「舌頭上有味蕾，可能每一個味蕾裡頭都住著一個三姑六婆！」這是他所得到的唯一結論。

在他還在懷疑他成績的時候，入學通知單就來了，三姑六婆的舌頭將他捲進了T大，他毫無選擇的能力，阿狗他們也終於忍痛的接受了這個事實，但是他們掙扎的聲音還是不斷的在他耳邊環繞，

「我的數學怎麼可能差你八十分？」

「可是你考五分差不多啊！」

「我知道啊！但是你怎麼可能考八十五分呢？」

這個痞子竟然說出張飛最大的隱憂，他有把握的加起來才不過二十分，其他都是

猜的，難道，都會猜對了嗎？

「反正我是憑實力的啦！」他只能這樣告訴所有的人，他，的確是憑實力——猜的。

「唉！無論如何，我還是要念的，人家說，考試三分靠實力，七分靠運氣，可見一個人考一百分，有七十分都是要靠上天安排的，這可能是佛家所謂的：天命不可違吧！，阿狗他們這些人，不相信天命，還不上道的嘰嘰喳喳，難怪會去當高四英雄。」

張飛心這麼想著，也就愈發的相信自己是玉皇大帝欽定的文昌帝君轉世了。在那樣的夜裡，他夜夜都夢到自己帶著加冕的皇冠，而那些沉重的數學符號，也成了飄飄的雲，引領著他，在雲端沉醉著……。

張飛進入T大之後，他發現大家好像或多或少都認識一些同時考上的，真是物以類聚，只有他，不要說是同班的，就算在他家方圓十里之內學校的學生，也不會有人考上這所學校的，沒關係，他心想，反正別人不認識他，正好掩飾他心中的顧忌。第一堂課，張飛總算見到他所有的同班同學了，剛剛在校園裡的那些小美女好像跟瑪雅文化一樣在一夕間消失了，留下的只剩疑似外星人的「餘孽」，班上唯一的三個「女孩子」，如同炭燒咖啡的形容詞般：黑、苦中帶點乾澀，加上教授在臺上講授微積分，坐在教室中他好像到了人間地獄，他的精神逐漸呈現耗弱狀態……，

「微積分最主要有兩部製造機，一部是微分，一部是積分，這兩部製造機都有輸入端與輸出端，把一個函數送入任何一部製造機，它就會輸出另一個函數，但是你輸入的函數必需合乎規格，才會運作，某些很壞的函數，送入製造機之中，機器沒法子運作，這就是不可微分或不可積分的函數」

張飛整個腦子聽的混混沌沌的，根本就不懂老師在說什麼，只有最後一句他還滿受教的

「……很壞的函數，……就是不可微分或不可積分的函數。」

張飛心想，其實這些函數才是「好的」函數，因為他們有志節，有骨氣，不像其他那些函數，說改就改，說變就變，就像他張飛一樣，也是不可微分或不可積分的「函數」。張飛想著想著，自己也就得意起來了，

「原來，微積分是給小人念的，難怪我念不通！」

當張飛正陶醉在他自己的幻想中時，突然被一個突如其來的聲音打斷了，

「喂！你是什麼學校的？」張飛偏頭一看，只見對方面如重棗，唇如塗脂，單鳳眼，臥蠶眉，相貌堂堂，威風凜凜，張飛當下便對他心生好感，

「喔！我是X西高中的，你呢？」

「我是建X的，看你長的滿高的，會打籃球嗎？」

張飛聽了差點沒笑出聲來，別的沒有，但籃球，他可是一流的，這小子真是阿婆前賣鐵蛋，「當然啦！敢不敢鬥牛啊！」張飛半挑釁的說著。

「奉陪！剛好最近有個新生盃籃球比賽，我們也可以組一支球隊，順便一起去玩玩，好不好？」

「好啊！好啊！我叫張飛，你呢？」這傢伙真對了他的脾胃。

「我姓關名羽。」

「下課後較量較量！」

「好啊！」

酒酣胸膽尚開張，少年狂，又何妨？會挽雕弓如滿月，西北望，射破綱。

他們兩人，互望著對方，都發現那暌違已久自信的眼光，在他們心底，產生欣喜更大於敗戰憂慮的心情。

第二章

邂逅

鐘聲終於在張飛嚥下最後一口氣之前響了，他心想，老天總算眷顧他是個人才，在小福前大家好像都死裡逃生似的在搶購著便當，他的腦海中不自覺又浮現鐵達尼號的景象，便當老闆好像坐在救生艇上，口中喊著：「還有位子，還有位子，」後面的人爭先恐後的似乎即將溺斃於大海之中，這時候，他不禁想起他還有他那未知的ROSE，真希望能牽著她的手，輕輕擁著她，帶她到便當的那一頭，拯救她離開這汪洋之中，忽然間，他看到他的ROSE，她站在人群當中，望著她的側面，他的腦海中，顯現他那唯一讀過的第一百零一本世界文學名著——屠格涅夫的《初戀》中的句子：

「這個少女，有一些令人嚮往的、堅定的、熟悉的、愉悅的、迷人的地方，我差一點驚喜交加的喊出聲來了，我想，只要這些秀美的手指敲一下我的額髮，我會願意，馬上拋棄人世間的一切，我目不轉睛的凝望她那優美的姿態，頸項，青蔥玉手，玉頸下面微蓬的頭髮，半閉聰慧的眼睛，和協致的睫毛，及睫毛下面嬌柔的臉龐……，他只有一個想法——『我一定要認識她』。」

突然間，張飛驚醒了，屬於他的ROSE，周邊卻有數不清的JACK，他的心在吶喊

著，老天，這比沉船更叫他心痛，就好比一塊蛋糕上充滿著螞蟻，

「這些螞蟻為何這麼討厭呢？」

後來他一口氣吃了兩個便當，因為他必須連續獲救才有繼續生存的可能。

連著幾天練球下來，張飛發現關羽的球技實在不在他之下，尤其他的反手勾射和中距離跳投，更是百發百中，藉由他的單擋所造成的真空地帶，使他更有餘裕的投出更為精準的空心球，他們就在這種搭檔之下，連續打敗化學系和地理系這些烏合之眾，拿下理學院的代表權，他的心，一掃之前被螞蟻攻擊的陰霾，輕飄飄的。

「哈哈！想不到在大學裡面，我也有出類拔萃的一面，我真的是讀大學的料。」

張飛真的這麼相信自己了。

在張飛還沉浸在自己創造的美夢時，各學院的代表隊也相繼出爐了，數學系、電機系、中文系、法律系和農化系分別代表著各學院，看著這些名單，關羽自信滿滿的分析著，

「除了電機系有個呂布是個對手外，其他的應該都不堪一擊，明天首戰是中文系，等著那些女生替我們加油吧！」

「那些女生，會包含那個女生嗎？」

張飛聽到女生，便不自主的想起他的Rose，剛才的喜悅更加沸騰，想到這，他也不禁開始期待起明天的比賽，

「老天爺，你必須再眷顧我一次。」

張飛再一次許下他認為是他生命中最後一個願望。而老天，也許會「再一次」的遺棄他。

不算小的籃球館中，竟滿滿的擠滿了人，張飛沒想到這個以學術享譽全國甚至國際的名校，大家除了讀書之外，對體育竟也會這麼熱衷，想到這，張飛不禁又想起他的ROSE，

「她也喜歡籃球嗎？她會來嗎？」

張飛瞄了一下全場，快快的掃視了一遍，他並沒有仔細的看，因為他想多留一些期待，當他再掃視一遍時，

一撇眼間，她！老天竟然如願的讓她出現了。

「貂蟬，你來看你們系上打球啊！」

張飛聽到關羽的詢問，他嚇了一大跳！關羽這小子在跟誰說話？

「是啊，順便來看看你的球技有沒有進步？」

當她回話時！張飛的腦袋有如被木棍狠狠的重擊，他們竟然早就認識了！

「張飛，我跟你介紹，我的好朋友，貂蟬！」

好朋友，這個再普通不過的字眼再一次狠狠的重擊著張飛，他已經頭暈目眩了！

「老天爺，你為什麼總是眷顧我一半，她認識關羽，我又和他同隊，怎麼比高下呢？關羽這小子，為什麼總是有好運氣？」

張飛瀕臨絕望了。

「你好，我是貂蟬，中文系的新生！」

「妳好，我是張飛！」

他話一說完轉身就運球上籃，他沒想到他竟會這麼酷，而且是在這種節骨眼上，他，真的不想當這種——英雄。在淚水滾動的剎挪，他突然想起以前讀過的一首歌，他不自主的喃喃的念著：

「天地易兮日月翻，棄萬乘兮退守藩，為『奸』逼兮命不久，大勢去兮空淚潸」

在一陣恍惚之中，比賽終於開始了，他還是和往常一樣幫關羽擋人，好讓他在無所防禦的情況下跳投，只見貂蟬與高采烈的搖旗吶喊，他不曉得她在加哪邊的油，總之是與他無關，這場球真是無所謂輸贏，一切以平常心看吧。

「張飛，你看到了嗎，呂布也來看我們打球？」關羽興致勃勃的說著，

「在哪兒？」張飛無精打采的問著：

「就在貂蟬後面那個高高個的男生！」一聽到貂蟬，他馬上回頭望去，

張飛只見那人生得氣宇軒昂，凜凜不凡，真是是人中呂布，馬中赤兔，

「他也認識貂蟬嗎？」他緊張的問。

「應該不認識吧！」

好在，否則這個傢伙張飛心想比關羽又更難對付了，為了在他面前秀一下，他刻意在最接近籃下的地方，替關羽製造一個時間差極短的妙傳，讓他可以飛身不落地的在空中續航接力直接灌籃，在球進的一剎那，全場幾乎都報起了掌聲，

「崇拜我吧！崇拜我吧！」張飛心底響起了最盛大的歡呼。

只有呂布，還是一臉無可如何的表情，

「雕蟲小技！」呂布淡淡的說著，

貂蟬轉過身來，只見呂布似笑非笑的注視著球場，好像他能睥睨這球場的一切似的，貂蟬對他流露出的自信，產生一股好奇，不禁好強的問他：

「這樣都算雕蟲小技，什麼才是值得喝采的呢？」

「乍看之下，籃球，像是個極重團體默契的活動，需要隊友的抄截，支援，擋人，甚至犯規，好讓球得以進網，但過程越多，越容易有失誤，球只有一顆，若能由一個人從頭到尾完成所有程序，那勝利手到擒來。」呂布冷冷的一個字一個字說著。

「怎麼可能一個人有辦法辦到？」貂蟬不服氣的反擊。

「這就是懦夫和英雄的差別，哈哈！」

呂布似笑非笑，又再度環顧全場，貂蟬似乎被他的氣勢鎮住了，一時說不出話來，只見呂布定定的看著自己，好像自己已經完全相信了他那番謬論般，她又找不出反駁的藉口，一時間又氣又急，突然間聽到關羽大喝一聲，如天摧地塌，岳撼山崩，在眾皆失驚的當口，只見他單手將球灌入籃框之中，想是關羽見呂布與貂蟬談話，想趁機轉移她的注意力吧？貂蟬在球進的剎那，好像找到了個極有利的藉口似的，忙不迭口的喊著：

「好啊！」

但這聲好，卻引起了同系其他人的側目，貂蟬自知不妙，但這時數學系的其他加油群以此為藉口，大聲的叫好，

「貂蟬好！貂蟬妙！貂蟬貂蟬呱呱叫！」尤其在呱呱叫上，這些數學系的啦啦隊又更放慢速度加長音的喊著，貂蟬窘的連耳根子都紅了，隨後只聽見呂布說：

「女人，真是愛情奴隸，盲目而無知！」

當貂蟬轉身想反駁的時候，只見呂布已轉身走了，

「這算什麼，他把自己當成什麼，他又把我當成什麼？」

貂蟬不禁暗自生氣，氣他的果斷，自大，也氣自己的窘態盡出。

在一片混亂之中，張飛和關羽的聯手硬是贏了中文系三十分，只見張飛意氣風發

說的口沫橫飛，貂蟬心想，他們和剛才那個自認為「英雄」的傢伙對壘，不知道會是什麼情況，

「也許，那會是場以子之矛，攻子之盾的比賽吧！」

貂蟬心裡雖然這麼想，但她多少還是不太相信呂布這個「自大狂」。

第三章

初試啼聲

電機系在呂布的領軍之下，在對農化系的比賽中果然一戰成名，他的「一人英雄」觀念也在球賽中表現無遺，在罰球線起跳灌籃，中場投射進球，由己方籃下即開始運球，並不假隊友之手直接切入籃下得分，呂布出盡了鋒頭，他的球隊被稱呼為「一人球隊」，所有的動作他都不假思索的一人完成，在對農化系所得的六十八分中，有五十分是呂布一人所得，在這「天下英才」聚集的系中，很多人不滿呂布的作法。

「籃球應該是以團輸榮譽為主，輸贏應該只是其次，照這種方法，只是他一個人贏了一場球賽，卻輸了我們整體的團隊運動精神。」同為電機系的周瑜在話劇社辦中不滿的提出。

「誰叫你不會打籃球呢？這就是典型的英雄創造時代，若你強過他，你自然可以創造出屬於你的運動風格，自信，驕傲，之所以引人注目、討論，通常需要相當的才華、能力支持，否則只是突然的無的放矢，沒人會注意的。」法律系的諸葛亮這樣調侃著他。

「那難道他都不需要修正自己，謙虛、學習，去省思自身嗎？他的行徑難道沒有錯誤之處嗎？」周瑜不滿的反駁著。

「所謂的對與錯，在大部分情況都是相對的，你責難他無可厚非，但牽扯到道德層次，就似乎太嚴重了，充其量這只能算是『個人風格』，你不能否認，他將你們帶向成功，也許，對你而言，這種成功是徒然，是累贅，但你不能否認，這個校園中，仍有許多人談論著他的事情，他們之中，不乏崇拜者，不是嗎？」

「你的這篇大論，我想極適合給那些窮兵黷武者建一座高臺，也是那些『莫名其妙』人的最佳藉口。」

周瑜真是覺的諸葛亮這傢伙簡直不可理諭，明明是籃球場上毫不注重團隊精神的「獨霸」，卻被他說成了「風格獨特」的英雄，他真的覺的諸葛亮這傢伙明顯的在找碴。

「我看你們兩個不要再抬槓了，弄不好呂布他根本不在乎什麼獨霸、英雄的，他認為他就是他，誰也改變不了，一個人，總是有人討厭他，有人喜歡他，有時候，根本沒什麼道理，還虧你們抬出道德啊，獨裁啊，真服了你們兩個。」

外文系的小喬想快快停息戰火，因為她的肚子已經咕嚕咕嚕了。

「沒錯，沒錯，看來我們是庸人自擾了。」諸葛亮說完哈哈一笑。

「你們都是局外人，所以才這麼說，」周瑜還是心有未甘的說著，「明天，他和數學系進行冠軍賽，你們再去看看就知道那種窩囊氣了。」

「好啊！到時候就去看看囉！」小喬俏皮的回應著，她心中一直覺的周瑜過於嚴肅，但她對呂布這號人物，也充滿了好奇。

因為呂布，關羽，張飛他們的出色表現，令這一屆新生盃籃球賽格外引人注目，傅鐘才剛響，籃球館中就湧入了大批的人潮，他們都對這些新生中的新星充滿了好奇，尤其是呂布，不少人帶著想看笑話的心態前來，但也有不少人他的崇拜者，他的舉動，早就引起了所有人的側目，但是他還是依舊故我，不過一反常態的，他這時只靜靜的坐在位子上，沒有像其他隊員一樣出來暖身練投，引起不少人懷疑。

「他不會狂妄到連我張飛都不屑吧。」張飛趁練投等待的時候不滿的向關羽抱怨著。

「別理他吧，我們的責任是打一場好球，為了系上，也為了我們自己，可不是為了和他賭氣用的。」關羽心平氣和的說著。

「你說的對，你看，貂蟬他們來了！」張飛想故作鎮定，卻還是掩不住心中的喜悅。

「貂蟬！貂蟬！」關羽開心的向貂蟬招著手，

「這次，她總算是專程來為我加油的。」關羽心裡這樣想著。

貂蟬打一進來，便聽見關羽的招喚，但她的眼光，卻也不自主的搜尋著另一個目標，忽然她眼睛一亮，只看見他一個人落寞的坐在椅子上，她不禁想，

「難道他也會被他的隊友排擠嗎？」她心中突然產生一絲絲不忍，

「其實，他只是自我些而已！」

在她還在想的同時，關羽已經前來招呼她和她的同學去坐下了，忽然間她一撇眼，看到呂布的眼睛正定定的看著自己，她感到一陣臉紅心跳，但呂布的神情忽然又

變為一副似笑非笑的模樣，她看了感到一陣討厭，便回過頭去不再理他了。

「這樣的人，才不理他！」

在同時間，諸葛亮，周瑜和小喬他們也進入館中，看見呂布一個人孤獨的坐著，他們都感到奇怪。

「那個人就是呂布嗎？看來不怎麼樣嗎，像隻鬥敗的公雞。」初見呂布的小喬，不禁有點失望。

「我看他在裝佯呢，這副模樣才不是這小子所想表現出來的，我看他別有所圖。」

周瑜口中雖這麼說，但是他還是弄不懂呂布這小子葫蘆裡賣什麼藥。

「看球吧，球是圓的，等會看它怎麼轉吧。」諸葛亮莫測高深的說，似乎他已經知悉了呂布的意圖。

球賽終於開始了，令人訝異的是，呂布竟然沒上場，在場的人都一陣錯愕，

「怎麼回事？」

雖然大家對他的行徑多少都有些不認同，但他們來看這場球賽，卻也有大部分是為了看他而來，只見呂布一個人仍坐在他的位子上，眼睛一動也不動的看著這場比賽。

「這算什麼嗎，難道他瞧不起我？」張飛在場上不滿的向關羽抱怨著，

「為你自己打場好球吧，」關羽安慰的說著，即使如此，關羽也還是有些遺憾，但想到貂蟬，他不禁又振作起精神來。

跳球結果，數學系搶得頭籌，張飛迅速運球過半，將球傳給同隊的趙雲，趙雲轉身運球閃過對手的糾纏，已瀕臨三分球線，一個地板球，趙雲將球傳給張飛，關羽同時間切入籃下，原地起跳，張飛在空中扭腰將球直接傳給關羽，關羽左手護著籃框邊緣，右手直接將球於第一時間灌入，全場頓時報起熱烈的掌聲，關羽給張飛一個勝利的微笑，單憑這球，他們已經知道，對手毫無制空能力，只要他們採取「雙中鋒」策略，交叉掩護硬吃籃下，再靠趙雲在外線不時的中繼傳輸及放冷箭，這場比賽會成一面倒的局面。對手進攻，關羽下令採區域防守，因為他看穿了對手基本動作不足及缺

乏具單打能力的勇將，突然之間，外線冷不防的射進一支三分球。

「進了！」場內爆起一陣喧嘩，

「除了呂布以外，我們還是有人的！」徐華在射進後，即自信的轉身回防，他相信這種弧度是不會不進的，

「這小子，我來守他。」張飛已經看出，對他必須採盯人策略，否則再遠的距離，他都可能把球送進籃框。

果然，張飛的計謀奏效，除了徐華之外，電機系其他的人都只像無頭蒼蠅般追著球跑，一點都不像具決賽實力的隊伍，而徐華只能靠自己絕佳的基本動作，在相當勉強的地方勉強出手，雙方的比分差距越來越大，在上半場終了前五分鐘，徐華已疲態盡出，雙方比分也已相差到三十分，徐華眼望著呂布，這個帶領他們走向最後關頭的領袖，如今卻只是袖手旁觀的坐在一旁，他暗示場邊的人提出暫停要求，然後緩緩的走向呂布，

「出場吧！否則就沒有反敗為勝的機會了。」

只見呂布仍是眼神鎮靜的望著球場，一動也不動的，呂布他心理知道，在場上的每個自己系上的隊友，都對他或多或少存在著不滿，他知道這些人都是全國極頂尖的人才，他們不會甘心讓他專美於前，此時呂布心中浮現起昨日他和徐華爭執場景。

「我一個人足以定江山！」呂布望著徐華定定的說著。

「是沒錯，但籃球是五個人的運動，一個人再強，總不及五個人啊！」徐華試著想改變呂布在球場上的態度，因為，他也怕了，他怕極了在場上坐「冷板凳」的滋味，

「事實結果證明，這種方式仍然可以使我們打進決賽，在這邊我也可以很肯定的告訴你，明天，我們也是注定的冠軍。」

「我知道你的籃球技巧，即使是全國也沒幾個人比的上你，但是，身為你的隊友，除了贏，我們還有別的夢想，你想想看，藉由我們的協助，我們的隊伍會更強的！」

「也許吧，但我一個人就足夠了。」呂布看著徐華，他知道，這個人也是絕頂優秀的人才，但他有他的想法，在懦夫和英雄間，他給自己劃下了極狹小的定義，即使是團體活動，他也不需要別人幫忙，從小到大，他一直是出類拔萃的，他也一直不需要別人協助，面對徐華的這番說詞，他一直覺得這是他們搪塞的藉口，

「如果你們行的話，明天的舞臺，就讓給你們了！」呂布實在不想在這個問題上繼續談下去。

「你這是什麼意思？」

「我的意思是道不同不相為謀，明天，我會成全你們的。」呂布說完轉身就走，徐華也不明所以，一直到出場的前一刻，他才知道呂布不打算出場，他知道再勸也是無濟於事，但是現在，現實的壓力，身體的疲累，逼的徐華不得不向呂布低頭，大部分電機系的同學，也一反一開始看呂布笑話的心態，有大部分人開始相信呂布的確有足夠的才華和他現在的驕傲匹配，電機系的學生過去都是天之驕子，但他們現在卻渴望一個英雄，帶領他們走向他們習以為常的成功。

「呂布！呂布！」電機系的啦啦隊竟開始喊出了呂布的名字，

「時勢開始造英雄了！」諸葛亮淡淡的說。

「真希望我會打籃球，我真的敗給呂布這傢伙了！」周瑜仍是一副心有未甘，但他心中竟也有那麼一絲絲的期盼。

「呂布真有這麼行嗎？輸了三十分了耶！」小喬這時候真希望能看到呂布能以救世主的姿態出現。

此時只見呂布緩緩的站起來，慢慢的步向徐華，跟他說句：

「走吧！」

一剎那間，全場都爆起了熱烈的掌聲，不論是誰，這時候都希望呂布能力挽狂瀾，不再在乎他是獨裁或是暴君了，這時候的張飛則更是興致勃勃，

「吾乃燕人張飛也，誰敢來決死戰？」

張飛據水斷橋，不但不恐懼反而意興更長。

「這場比賽，終於開始了！」關羽擔心的、期待的呂布終於出現，不論輸贏，他也想和呂布好好的打上一場。

俱懷逸興壯思飛，欲上青天攬日月。
所有的人都摩拳擦掌，
命運之神所掌控的比賽，現在，才正要開始……。

第四章

籃球手

呂布一上場，便主發後場球，關羽他們早就鞏固的站定每一個防守位置。

「小心他的三分球！」關羽提醒著隊友。

「三分球，那麼小兒科！」呂布一上場便打算來個技壓群雄，當他才剛把球運過中線，他便起跳了，大家頓時由期待轉為驚訝！

「搶籃板球！」關羽大聲的喊著，並指示隊友到籃下卡位相互接應，他知道呂布這種人極其自負，只要這球讓他吃了閉門羹，他的氣勢便少了一半，於是他儘可能的在極短的時間內布置好籃下的一切，

「沒問題了！」當他們布下天羅地網準備拿下這顆球時，這顆球竟然——進了！

全場的掌聲響的震天，關羽，張飛他們都楞住了，

「怎麼可能，那樣遠的距離！」張飛幾乎不敢相信。

場外的諸葛亮也對呂布的實力大為嘆服，不禁歎曰：

「呂布神射世間稀，曾向轅門獨解圍，雕羽翎飛箭到時，雄兵十萬脫征衣。」

「打起精神來吧，我們，也不是好惹的！」關羽嘴上雖然這麼說，但他也仍然

怔住了，因為他從呂布那種不在乎的表情上知道，這球決不是僥倖，由呂布一投玩球便回防的情況來看，這傢伙也真是自信到極點了，關羽從後場帶球，將球直接傳給趙雲，趙雲將球傳給罰球線的張飛，此時關羽切入籃下，他們想要故技重施，當關羽起跳的時候，他發現呂布的雙手始終攏罩在自己的頭頂上端，張飛見勢不妙，將球傳給外線的趙雲，趙雲球一上手，即從外線開砲，但趙雲三分球準頭不夠，球在籃圈外旋了兩旋，便滑出來，球一離籃框，便落入呂布之手，呂布不顧前方對手的阻擋，施展強力籃球的威力，但他走的是對手的空隙，因為他速度快，所以對同一方向，他總是比對手先行，張飛，關羽和趙雲，雖然伸手即可攔他，但總是作作樣子，否則便會被判阻擋犯規，呂布挾著優勢，以他自創的的交叉前進路線，如入無人之境，在罰球線前，他縱身而起，短短的兩秒鐘時間，在大家都還屏息以待的同時，他便將球灌入了，全場譁然之聲四起，小喬不禁佩服的說著：

「呂布真的很棒！我想，即使他輸了這場比賽，我也不會忘記他的。」

「看來，我們都高估自己了。」關羽望著張飛，給他一個鼓勵的眼神。

「現在全面圍守呂布。」

關羽對全隊下達著命令，結果形成三個打一個，兩個打四個的局面，雖然相當程度抑制了呂布的行動，但他們的犯規次數也急劇攀升，當裁判吹下上半場結束哨音時，雙方差距只剩二十分，但他們都瀕臨五犯畢業的危機。

「圍守呂布的這個法子要放棄了。」關羽被迫浮現這樣的念頭。

關羽依稀記得以前他高中時，曾遇過的一個國手教練說過，當遇上這種全能型籃球天才時，唯一的方法便是掌握住籃球的節奏，絕對不能追著他猛打，以他為進攻中心，只有利用節奏的人，才有辦法控制住天才，但是天才通常是掌握節奏的人，如果要易其位而行，只有用——慢攻。

慢攻，當時關羽不懂它的意思，因為只聽過快攻，沒聽過慢攻，當時也不覺得世上真會有所謂全能型籃球天才，但是今天，真的碰上了，他真後悔當時沒再追問，在臨上場前，他仍是百思不得其解。

球賽開始，雙方跳球，關羽看著張飛一把將自己撥到的球截住，心中一陣振奮，但他還是參不透慢攻的意思，但他也想不出什麼其他的方法，

「死馬當活馬醫吧！現在只能放手一搏了，也許張飛知道什麼是慢攻，」關羽心中這麼想著，嘴上也立刻喊出：

「慢攻！」

呂布他們不明所以，以為是對手新的暗語，一時無可無不可，呂布更是根本就不在乎，但反觀張飛和他的隊友們，不論場上場下，大家都一頭霧水，

「什麼是慢攻啊？」

大家雖然都不曉得，但大敵當前，也沒人敢問，只見張飛一個人拿著球，不知道是運球好還是傳球好，聽到「慢攻」二字，他只道應該是關羽要他把速度放慢，但他不明就裡，也不曉得速度如何拿捏，只見他拿著球就如同燙手山竽般，才傳給別人，別人就又傳回給他，因為大家認定他和關羽默契最足，現下關羽所謂的「慢攻」，應該也只有他張飛可以去解釋，張飛也急的像熱鍋上的螞蟻，急於想把球傳給關羽，偏偏呂布這小子緊盯著他，讓他一點傳球的空檔都沒有，張飛慢八拍的運著球，場邊的人都覺的滑稽，關羽也看出情況不對，但一時之間，他還是想不出慢攻的真正含意，

說時遲，那時快，呂布趁張飛慢速運球的一個空檔，將球抄截，三步併作兩步，轉瞬間即已瀕臨城下，又攻下了兩分，張飛看了直跳腳，

「到底什麼是慢攻啊？」

張飛趁著反攻時氣急敗壞的回問著關羽。

「我一時也說不清楚，總之你們自己體會吧！這是我們唯一的方法了。」

關羽只能如此含混不清的說著，因為他希望藉由眾人的力量，一起想出克敵制勝的方法，「慢攻」，他只當這兩個字是個代名詞，

「不管是什麼方法，只要能治的住呂布的，都當他是慢攻吧！」

關羽期望藉由大家一同思考的模式，創造出一種新的團結，他想著，也許這種團結就足以獲得勝利。

但情況似乎不像關羽所想的那麼順利，張飛、趙雲、馬超他們想著慢攻的意含，手底下的功夫也顯的慢了，打起來左支右絀的，和先前的流暢打法相去甚遠，轉眼間，又被徐華和呂布各投進一個三分球，雙方差距只剩十二分了，眼前分數逼近，張飛更顯得氣急敗壞，

「什麼慢攻嘛！再這樣下去，我看會倒輸三十分，」張飛一面防守，一面嘀咕，只見呂布來攻，他突然覺得厭煩，一改過去要和他一別苗頭的態度，

「反正守他也是白守，算了，讓他投吧！」

在呂布起身跳投時，張飛不僅未跳躍防守，甚至連雙手都沒有舉起來，關羽正想出聲責怪的時候，突然撇見落下的呂布臉上一閃而過的「憤怒」表情，在他還莫名其妙的時候，突然聽到趙雲大喊：

「搶籃板球！」

過去再怎麼嚴密的防守，呂布總能百發百中，這次在毫無防守的情況下，卻反而

沒進，關羽是怎麼也料想不到，在他還在思考的時候，只見呂布衝殺入陣，硬是把球搶下灌進籃框裡，場邊觀眾鼓聲更噪，整個籃球館都瀰漫著崇拜呂布的氣息。

「呂布真的很行啊，周瑜，我看你這罈醋吃不完了，」小喬對呂布的優異表現實再讚賞有佳。

「是嗎？是嗎？不過小人得志罷了！」周瑜滿懷不悅的說著。

「你們剛剛有沒有注意到呂布的進攻方式，他一向強調速戰速決，但是剛剛他竟然失誤了，他後來的強力灌籃，似乎只在掩飾某種危機，也可以說他是在做某種程度的彌補。」

花自飄零水自流，一地心思，二處憂愁。

諸葛亮看出呂布先天個性上的矛盾障礙，正影響著這場球賽……。

第五章

力挽狂瀾

關羽見呂布氣勢正盛，差距又只剩十分了，而離終場時間還有八分鐘，整個數學系似乎都籠罩在一片愁雲慘霧之中，關羽暗示場邊的人，先喊暫停以穩定軍心。

「到底什麼是慢攻啊？」

張飛一下場便追著關羽問，但關羽仍然說不出個所以然來，這個慢字，究竟做何解釋呢？當關羽正在思考的時候，忽然見貂蟬緩步走過來，關羽心想，也許問這個中文系的才女會有答案。

「貂蟬，慢這個字怎麼解釋？」

「就是遲緩，遲滯的意思啊，你問這做什麼？」

「除了這個呢？沒別的解釋了嗎？」

「還有疏慢啊！」

「疏慢怎麼解釋？」

「就是古人所說的慢而無禮，現代人說的傲慢，對人的忽略，無視，而引發人因受怠慢而不滿，」

「……對人的忽略，無視，而引發人因受怠慢而不滿……」

關羽似乎若有所悟，他的腦海，又重現了當張飛放棄對呂布防守時，呂布的訝異，憤怒及隨之而來的失誤，剎那間，他似乎若有所悟，

「難道所謂的慢攻，指的竟是傲慢的攻擊！」

關羽看著時間，他知道他絕對無法照目前的方式繼續守住呂布長達八分鐘的，他必須放手一博，

「陳康，等下你代替黃忠上場，專守呂布，」

當關羽下達這個命令的時候，所有人都是一愣，陳康，充其量不過是來湊人數的，他自己也知道根本上不了場，所以當初才答應來參加，一方面湊人數，一方面也捧個人場，現在，沒想到竟然要上場了，而且還是守這個高手中的高手，不僅大家不

解，他自己也極力的反對，

「我根本不懂籃球，是個十足的門外漢，換人吧，別拿我當笑柄了。」

「你自認你真的不懂嗎？你真的認為在籃球的國度中，你只是個笑柄嗎？」

關羽認真的質問著陳康，只見陳康緊咬著唇，關羽抓住這個數學天才不服輸的個性，因為他知道，唯有他的認真，執著，才足以構成「傲」，對呂布來講，再強的對手他都樂意奉陪，但對這種門外漢，他應該是不屑一顧的，但在場上，卻可逼使呂布不得不面對他，加上陳康遇事痴纏的個性，一定能攪的呂布心煩意亂的。

「輸了可別怨我！」陳康最後披掛上陣。

哨音響起，陳康略嫌「生澀」的身手在呂布旁邊簡直是個笑話，但他認真的態度卻又不禁令人肅然起敬，場邊的人對這種組合，有人抱著看笑話的心態，有人則是不忍，貂蟬知道關羽不會故意戲弄人，但他也不明白關羽的用心，只見陳康隨著呂布東奔西跑的，在呂布壯碩體格的衝撞下，陳康似乎顯的力不從心，關羽的計策似乎並未得逞，只見呂布一個翻身跳投，又是兩分進帳。

「關羽這小子，不知道葫蘆裡賣什麼藥，他難道想輸的更徹底些嗎？」

周瑜對這種幾近一面倒的打法大感不滿，他隱約中覺的也許這是一種策略，但他卻不覺的有用，眼看著呂布氣燄越炙，他竟開始憂心起來了。

「勢必有損，損陰以益陽，李代桃僵矣！」

只見諸葛亮咕嚕咕嚕又在調書包，周瑜極感不奈，哼了一聲，小喬則是若有所悟的問著：

「你的意思是，數學系還有機會勝嘍！」

「呂布的性格是最重要的關鍵，若失一些分數能換取呂布的『怒火』，那便有轉機了。」

「若呂布不為所動，越打越盛呢？」小喬還是有些懷疑。

「兵者詭道也，若能預先知道結果，對方亦會心有所感而有所防備，所以，走險棋是必要的，何況關羽他們損勢已然，現在的打法，只是讓既定的事實加速形成罷了，輸一分或輸十分，對失敗者而言，都是相同的意義。」

小喬了解「捨子爭先」的道理，但對關羽這麼大膽的行徑，卻也不禁感到擔心，只見場中陳康漫無章法的防守呂布，雖然屢屢犯規，但他的舉動竟「開始」對呂布構成牽制，呂布被他自殺式的防守方法弄的綁手綁腳，而這樣的犯規不斷，也使呂布進攻的流暢性受阻，雖然呂布仍有得分能力，但他所得的分數卻大幅降低，而且，陳康近乎無賴式的防守，也弄得呂布怒火高漲，完全失去他一貫的優雅，在終場前兩分鐘，雙方的差距僅剩四分，在呂布運球過中場的時候，陳康再一次伸手阻攔呂布，致使他的犯規次數達到五次而犯滿畢業，全場觀眾英雄似的歡呼迎接陳康下場，周瑜不得不佩服的說：

「我算服了陳康了，我算服了關羽了，我更該服的是呂布，他真是能『為人所不能為』防得了別人的防不了他，防不了別人的，卻成為他的剋星。」

在最後的二十秒，徐華致命性的一記中距離跳投，使雙方比分相差只剩兩分，關羽他們趁著呂布球感未復之際想全力反攻，亂中有錯，竟誤傳給徐華，之前勇猛的呂布仍然「消失」中，差距二分，時間有限，徐華急欲傳球出去給隊友快攻，但關羽、張飛和趙雲的圍攻使他毫無出路，如同遭眾人聯手圍毆，徐華根本無力手之力，狀甚狼狽。

「糟了！」諸葛亮突然失聲喊了一句，周瑜和小喬都不知所以，

「他們要激怒呂布這頭睡獅了。」

只見徐華腹背受敵，手上的球無力供輸之際，突然呂布一個箭步，閃到徐華身側，在還來不及看清之際，呂布已運球反攻，此刻時間只剩最後倒數十秒，若呂布由三分外線跳投，就可反敗為勝了，但呂布可能受先前影響，霸氣不再，他將球快速的運到籃下，想以最穩健的灌籃方式得分，再由延長賽中，獲取勝利，當他趕到罰球線時，時間只剩三秒，為了爭取時間，他再度由罰球線起跳，全場只看到呂布在空中飛翔，絕佳的空中續航力令全場驚訝而鴉鵲無聲，大家都屏息以待，突然一聲尖叫劃破

了靜寂，大家回身一看，只見貂蟬捣著嘴，紅著雙頰，怯生生的回望著大家，

「閉月之容，星避其芒，漫天烏黯，求容之傍。」

在呂布灌籃的前刻，他也被這聲尖叫面容吸引住了，只見他由空中微微的側了頭，當他看到貂蟬捣嘴的時候，他突然感到絕望，球在他的手上似乎喪失了些高度，他的眼睛似乎不再注視球框，而在注視著貂蟬，隱約中，他似乎也感覺到貂蟬在注視著自己，那眼神，令他感到一陣迷惘，當他力圖想回復清醒之際，球啪的一聲撞擊在球框框沿，此刻的他突然清醒，盡全力護助球的四周，當他落地準備再行起跳之際，裁判的終局哨音竟已無情響起……。

「比賽終了，七十八比七十六，數學系為本屆新生盃籃球比賽冠軍。」

聽到宣布，呂布精神一片恍惚，看到周遭數學系一片歡愉之聲，他只有趁著人群的空隙，無奈的失魂走出，一路上他低垂著頭，他心中百味雜陳，一切似乎都攪亂

成一團，原本屬於他的掌聲，他的歡呼，如今他卻成了局外人，但在一片內外紛擾之際，他心中依稀記得貂蟬的那一聲驚呼，

「為什麼？究竟是為什麼？」他心中萌生著難以分析的情愫。

他不明白貂蟬為什麼要那樣驚呼，他更不明白她的眼神，他更氣他自己為什麼受這樣的影響，

「英雄！這真是個笑話！輸就輸了，為什麼我還在替自己找尋藉口，她喊她的，又與我有何干，我為什麼要把責任推卸給她？」

呂布落寞的一人走著，在他出會場的時候，在出口處突然見到那令他心驚的身影，貂蟬，只見她輕輕的對呂布點了一下頭，嘴角似乎流露出憐憫的意味，呂布立刻將自己武裝，方纔身上的失敗者意識立刻一掃而空，他帶著慣有似笑非笑的表情看著貂蟬說：

「很抱歉，那天對你說了大話，妳就當作笑話聽聽吧！」

貂蟬聽了這話，心中一驚，連忙搖著頭，在這場比賽之前，也許她還認為呂布是個自大狂，但在這之後，她已經完全相信他了，這場比賽的那聲驚呼，她對呂布多少心懷愧疚，當她聽到呂布這樣說之後，她更心慌了，當她企圖想做些解釋的時候，他發現呂布已經漸行漸遠了，望著呂布的背影，她心中有說不出的酸楚與無奈，

無可奈何花落去，似曾相識燕歸來

「其實，我是希望你贏的。」

但是她不敢告訴呂布，更不敢告訴任何人。

第六章

藝術？

在淡淡的初秋氣息中，每個人的心都期待輕颺，經過一場轟轟烈烈的廝殺，校園中頓時出現了幾顆耀眼的星星，攝影社在新生盃比賽中所拍攝下的照片，張貼在社辦門口，這幾天，總是門庭若市的，

「這女孩是誰，真漂亮！」

一張記錄關羽在下半場暫停時詢問貂蟬慢攻時的照片被大家品頭論足的，貂蟬支著頭，細心想事情的認真模樣，引起了大家廣泛的注意，有好事者趁沒人在照片旁題字：

「眉黛促成遊子恨，臉容初斷故人腸。」

又有人提：

「榆錢不買千金笑，柳帶何須百寶妝？舞罷高簾偷目送，不知誰是楚襄王？」

這天關羽和張飛沒課，兩人晃到活動中心，看到這些照片，張飛不禁又血脈沸騰

起來，只是五張照片中，沒有一張照到自己，心頭不免有些怒氣，在看到貂蟬照片旁密密麻麻的寫著這些痴字片語，怒火更熾，他特地提高聲音，揚聲說著：

「這些傢伙，個個都在做春秋大夢，都把自己當成楚襄王了。」關羽聽了，並沒做太多評論，他心理在想，這幾年來，也許，我也把自己當成楚襄王了，看著另兩張呂布的照片，他心頭又是一嘆，拿起手上的筆，他也在呂布的照片旁提了兩行字，

「血染征袍透甲紅，當陽誰能與爭鋒？」

張飛看了心知其意，對呂布這個傢伙，他雖然不是很滿意，雖然他們也勝了電機系，但他知道他們和呂布的水準實在還有段距離，想到這，他心中不禁油然而生一股英雄惜英雄的心態。

因為大家的反應熱烈，攝影社決定擴大舉辦期初的校園攝影展，並舉辦了攝影比賽活動，舉凡校園內的人、事、物皆可以成為參賽的作品，另外，攝影社社長也親自拜訪了貂蟬：

「你好，我是徐庶，攝影社社長，最近我們要辦一個校園攝影展，能不能請妳充當我們的模特兒，讓我們拍一些人物特寫。」

貂蟬並沒有很大的興趣，但他又不好意思拒絕，只好委婉的說：

「我平時不常照相，我想你們還是找專業一些的人吧。」

「你本身的美貌就足以涵蓋專業缺陷，我想，想看你的人，比想看攝影技巧、姿態的還要多的多。」貂蟬聽了徐庶的理由，對他專論外表而忽視藝術本質的論調略感不滿：

「難道你認為創作迎合大眾的媚俗性作品，比追求藝術價值更為崇高？」

「恰恰相反，藝術的本質在於求真，求善，求美，你所謂媚俗性的作品，並不當然就和藝術本質背道而馳，相反的，二者還有相輔相成之功。」

「你的意思是，若一個人長的不美，便不能拍出好的人像特寫了？」

「當然不是，但在攝影理念還未深入到一般大眾的時候，有時候，若干『誘因』便成為我們的藝術宣達的『媒介』，或許你會以為攝影只是一昧追求美，其實，追求影像本質才是我們根本目的，影像內在精神為何？其構成要素為何？以及該如何適切選擇媒材與掌握影像創作的方向，最後如何將影像完整呈現，才容易引起注視和共嗚，這些都是需要深切考量的，其實，攝影也不單單只是一種藝術，在政治、軍事、傳播及教育等，攝影也扮演重要的角色，所以，攝影不只是純粹的藝術創作，它更可視為是一種現代精神的表徵，但在談這些之前，深入直指人心，是攝影最重要的課題，而一個良好的媒介，便成為我們迫切的需要。」

貂蟬起初只覺的這傢伙觀念膚淺，沒想到他竟然還有這一篇大道理，不禁改變了對他的看法，

「所以你希望我成為你們的『媒介』！」

「正是，希望妳能幫忙，攝影絕對是個最棒的活動，也希望妳能加入我們社團。」

當貂蟬望著徐庶，發現他眼中流露出自信的目光，清清亮亮的，似曾相似，腦海中突然閃過呂布那自信的眼神，她在想，也許，藉由這個活動，可以再次遇見他。

「好的，我答應了，時間，地點都由你們決定。」

「謝謝，真的謝謝妳，妳不會失望的。」

攝影社的活動如火如荼的展開了，除了貂蟬之外，他們還找了外文系的新生，和貂蟬一樣備受矚目的小喬一同加入，周瑜在得知這個消息之後，大表不滿，

「攝影這種東西，只是一味的追求膚淺的時尚，甚或肉體的感官刺激，所謂的攝影師更是一些聲色犬馬之徒，妳何苦去淌這趟渾水，所謂的『模特兒』只是好聽騙人的形容詞，騙騙小女孩還可以，怎麼妳也迷信這個？」小喬聽了只覺得周瑜的觀念真是迂腐的很，但看他態度誠懇的很，一時間又不知道怎麼和他說，看到諸葛亮在一旁氣定神閒的，她決定把這個燙手山芋丟給他，

「諸葛亮，你說呢？」

「我！我沒有什麼意見！這是妳的『人身自由』啊？他人無權干涉。」諸葛亮想藉立場差異來模糊話題，因為他根本就覺得這種問題不值得討論，充其量，小喬不過是去「正常」拍個照罷了，但這話在周瑜耳中聽起來就像是變質了似的，立刻引起發酵：

「這只單純涉及應不應該的問題，根本就不應該去討論有無權干涉的問題，就

好比我們看到有人要自殺，任何人都有權去干涉，而不是放任他去行使所謂的『人身自由』。」小喬聽到周瑜把她拍照的事比喻成自殺，心中不覺生氣，但看他認真的模樣，又覺得好笑，只聽到諸葛亮說：

「唉！的確，這種傷風敗俗的事，確實人人皆得干涉。」

「什麼！你說我這是傷風敗俗？」小喬一臉驕叱的問。

「我是說自殺！至於有關攝影，我先前就表示過了，那種事我根本無權干涉。」

「周瑜，那你倒解釋看看，你何以將攝影和自殺這種傷風敗俗的事混為一談？」

「也許，在二者有相當程度差異時，我這麼說可能是類比謬誤，但你不能否認，確實有很多坊間二、三流的寫真照片，確實就是傷風敗俗。」

「但我是拍校園照啊，你這樣確實是嚴重的類比謬誤。」小喬說的確實有些氣了，周瑜想想也自覺不對，但他終究還是覺的如此拋頭露臉的，對一個女孩子家終究不好，他一時說不上來，只能漲紅一張臉訕訕的看著小喬，諸葛亮見兩人僵著，便出來打圓場，

「好吧，我想這樣好了，到時候小喬你把拍好的照片拿給周瑜，由他來挑適合的照片來公布，這樣，就可以兩全其美了。」

「這樣好嗎？」周瑜自知理虧，卻又想不出更好的方法。

「你也知道這樣好嗎？」小喬顯然覺得這個提議真是遭透了，憑什麼她的照片要由周瑜來審核，又憑什麼她該接受他的「那種標準」，諸葛亮看著他們兩個，心中不覺好笑，

「這樣好了，周瑜，這事是你引起的，你說個方法吧。」

「我不過提提意見罷了，愛聽不聽隨她，反正忠言逆耳，我言盡於此。」

「那很好，以後請閣下少開尊口，我自己自有分寸。」

亂石穿空，驚濤拍岸，捲起千堆雪。

他們就在這種狀似「不歡而散」的情況下收場，周瑜，小喬他們雙方的嘴巴雖然都硬，但他們也都在事後仔細的考量對方的話，後來他們都接受了諸葛亮的建議，即由周瑜全程參加拍攝過程，一方面「指導」，一方面改變他因外行所導致之不認同心態。

星期六的下午，貂嬋，小喬她們準時到攝影工作室中換裝準備拍攝，關羽、張

飛、周瑜、諸葛亮等人也都齊聚在這間小攝影棚內，只見徐庶東奔西走的忙著布置著場地，

「小丁，相機東北側28度角的位置，架一盞一千瓦的閃燈，上面加柔光罩，傾斜度30，右邊加補光，用五百瓦的閃燈加柔光罩，讓它和主光比為一比十。」

周瑜見了這麼多攝影行頭，不禁喃喃的說：

「想不到照個像也有這麼大的學問，我以為把人弄進框框中便沒事了。」

「藝術雖然是相對性的產物，但它仍有絕對性的標準，這就是異中求同，同中求異的道理，交揉參雜才能同創進步，所以，對我們不能小看任何一種我們不熟悉的事物。」諸葛亮以一副老道的口吻說著，周瑜聽了心中老大不滿，卻又無言以對，只能在心中嘀咕著：

「說穿了你自己還不是門外漢一個！」

在一陣漫長的等待之後，貂蟬終於出現，只見貂蟬將頭髮挽起，精緻的臉型清晰呈現，搭配的露肩設計，更清楚呈現出她頸線的美感，黑色連身的晚禮服使她高挑的

身材益發凸顯，加上精心搭配的墨綠色翡翠，襯托出格外清新協調的感覺，加上她原本就紅豔瀲的雙唇，使她看起來真有傾城傾國閉月之貌，

「真是太美了！」張飛已想不到更好的形容詞來形容她，諸葛亮見了心中也不禁暗讚道：

「貂蟬拜月，月折其顏，容藉雲彩，暫隱其暈。」

徐庶安排貂蟬進入攝影位置，一切就緒，背景音樂響起，播放的是WHAM合唱團在八〇年代唱紅的Last Christmas，全曲華麗輕鬆，充滿節日氣息，大家都沉浸在「美」的藝術之中，但只見徐庶一人在鏡頭前呆立，嘴上喃喃自語著：

「奇怪！奇怪！究竟是哪裡出錯？」面對這麼好的模特兒，徐庶竟還覺得鏡頭下的貂蟬不如構想中的出色，諸葛亮似乎看出端倪，緩步走向徐庶，

「背景布簾和人物服裝顏色好像太近了，你可以試著在她右後方約15度角的地方，以一千瓦的閃燈，燈前加裝咖啡色濾片，自背景旁側，以漸層方式，向左邊照射，這樣，可能可以達到主題和背景分離的立體效果。」

徐庶聽了，半信半疑的照做，果然在鏡頭下的貂蟬，比起方纔更突出了，徐庶對這個方纔見面的傢伙，不禁深有好感，

「請問你是？」

「我是小喬的朋友，複姓諸葛，名亮，這是我的好友，周瑜。」

「幸會！幸會！我是徐庶，忝為攝影社社長，多謝你的指教，也給我多上了一課。」

「哪裡！哪裡！碰巧罷了。」

周瑜對諸葛亮深黯攝影之道亦吃驚不已，

出師一表真名世，千載誰堪伯仲間？一吟梁甫曲，知是臥龍才。

「這小子真是深藏不露！」

旁邊的關羽和張飛，也在一陣寒暄之後，互相認識了，關羽和張飛在球場上的表現，早令周瑜和諸葛亮佩服不已，在此之際，小喬出場了，她穿著橘色連身的短窄裙，全身洋溢著熱情與活力，上鬈的頭髮故意留一小撮在額頭，模樣更增俏麗，此刻

徐庶在諸葛亮提點之後，特別注意背景，改用明亮的紅色布幔當背景襯托，右方加了無影罩，促使臉部更為立體、明亮，此時的周瑜見了小喬，心中也不自主的一陣顫動：

「沒想到小喬竟會這麼美！也許，所謂的藝術，正是在追尋這種剎那間的感動吧！」

他望著小喬，突然覺得自從認識她以來，這個在一女中時代就名動校園的美女，自己似乎讓她吃太多苦頭了，看著她在鏡頭前清麗、俏皮的模樣，他心中不免一陣感傷，

「多愁應笑我，作繭自縛，人生如夢，一樽還酹江月。」

也許，我真該好好和她相處的。

經過一個下午的相處，雙方由陌生轉為熟識，貂蟬、小喬這兩個校園中公認的兩大美女，也在這一刻，成了無話不談的好朋友。

第七章

英雄！

在攝影社的努力之下，校園雙姝攝影展正式開鑼，同時展出的還有由一百多幅參賽相片中選出的十幅優勝作品，大部分觀賞的學生們，雖然都是攝影的門外漢，但他們也同樣感受到了攝影的活力，貂蟬、小喬的照片，散放著年輕不平凡的光芒，令人心頭漾的滿滿的，在一瞬間，大家彷彿看到了自己的希望和未來，當攝影構建出的影像和人們的想法合拍時，便激發出偉大的創造力和聯想力，而此刻，整個活動中心似乎都感染著這樣的魔力。

大江東去，浪淘盡，千古流盼，閉月羞花，江山如畫，一時多少傾城！

關羽和張飛結伴來看攝影展，望著貂蟬的照片，兩人似乎都悵有所失，

「很多時候，我們都只能如Titanic中的Jack一般沉入海底，卻沒有Rose為我們的靈魂歌詠。」關羽喃喃的嘆著，

「你說什麼？」張飛恍惚中若有若無聽關羽低喃著，不明所以的問著。

「沒什麼！我是說我們連死人都不如！」

「你的意思是我們生不如死？」

「算了，我看我真是對牛彈琴！」

張飛聽了，結實的給了關羽一拳，他是曉得關羽苦悶的，如同他自己一樣，眼前笑顏如花的貂蟬，越來越如夢裡的仙女了。

突然間，人群間一陣騷動，張飛一看，原來是貂蟬、小喬也來觀賞攝影作品，他和關羽便走向前去打招呼，當他們走到貂蟬身後，發現她們正在觀賞本次參展第一名的作品，順著她們的視角望過去，張飛赫然間發現自己、關羽和貂蟬都在照片上，這張照片是他們對中文系比賽時照的，畫面上他和關羽交叉掩護，然後關羽趁隙由右側上籃，照片下方是貂蟬觀戰的忐忑模樣，又是崇拜，又是憂心，和中文系場上選手的懊悔表情恰恰交輝成映，關羽、張飛見了這張照片，都覺的驚喜交加，只見下方評審評語上寫著：

「三個人物相互連貫，構成照片的倒三角架構，不穩的格局使整個畫面充滿了動感，而不協調的方向，均朝向球入網的方向，使的籃球的主題更加凸顯。」

再朝主題一看，上頭寫著：「籃球英雄」，張飛心不禁一陣飄飄然，覺得這傢伙實在太識貨了，他覺得他不僅攝影技術一流，連標題的選取也是萬中挑一，

「沒錯！沒錯！這標題確實有第一名的架式！」

再一看作者姓名想感謝他的慧眼時，竟赫然發現作者是——呂布！

這一驚非同小可，把他這個英雄嚇成了鱉三，當他回過神來，只見貂蟬緩緩走出活動中心，他只覺得萬念俱灰，他望著關羽，發現他眼中流露著相同的絕望。

「走吧！呂布這小子實在陰魂不散，什麼都有他的事。」關羽淡淡的說著。

貂蟬步出活動中心，她很高興呂布終於改了自己的「英雄觀」，她對他，心中更增莫名的崇拜，想到這，她只覺腦中昏昏沉沉的亂了頭緒，整條椰林大道走不完似的，突然間，她發現一個人擋住了他的去路，她抬頭一看，只見幾個流裡流氣的男子，一式雜亂的長髮，兄弟裝，有幾個耳朵上還掛著十字架型的耳環，個個都涎著一

張臉，將她圍住，一步步的逼近她。

「這裡是校園，希望你們自重。」

「自重！我還自慰呢？」這幾個小流氓越來越大膽，旁邊的同學大都儘快閃身而過，有幾個膽大些的站在一旁觀看，卻也不敢靠近。

「滾開，他媽的，再看的人眼珠子也把你挖掉。」其中一個小混混亮出刀子，混揮著嚇唬著旁邊觀看的人，有些人確實因此被嚇跑了，但有些人只是稍微退後，卻無離開之意，貂蟬，這個舉校聞名的女孩，任誰都想來個英雄救美，但卻是力不從心，只見一個小混混衝向周圍的人中，一陣揮砍，大家便一轟而散，突然一隻強而有力的手臂制住了揮砍的手，頓時間，持刀的手就像靜止了一般，貂蟬一看，竟然是呂布！沒想到竟會在這麼狼狽的時刻遇到他，她慌張的理了理自己的頭髮，過去，她總是人們稱讚的焦點，對於這些稱讚，她早已麻木甚而想逃避了，而現在，她卻極度渴望這些虛幻的形容詞，即使只是恭維，她也甘之如飴，她定下神來，望著呂布，只見他輕巧的便將刀由對方手中奪下，帶頭的混混一聲令下，四五名混混分別拿出預藏的扁鑽、手指虎等向呂布衝來，四五把傢伙同時向身上招呼，呂布以寡敵眾，用雙手檔格，貂蟬見了擔心，不自覺的喊著：

「不要打了！不要打了！」呂布只見貂蟬心急如焚的喊著，就像一個疼愛孩子母親的焦急模樣，他不禁看的癡了，冷不防的，手臂上已被扁鑽劃了一道口子，頓時鮮血淋漓，呂布本人倒不覺得如何痛，只見貂蟬驚叫了一聲，他頓覺受寵若驚，他也責怪那混混惹的貂蟬如此驚心動魄的，才一轉身，他便以扭腕鎖肘的方式奪下他的刀，並裝模作樣的用刀柄在那小混混的頭上敲了兩下，然後轉頭向貂蟬做了個鬼臉，貂蟬只見他身歷險境，心中擔心的不得了，突然見他如此表情，只覺一陣錯愕，心中不覺有氣，轉頭便不理他了，呂布頓時便正經起來，幾個小混混見他如此勇猛，心中早已膽怯，加上他現在手上有刀，旁邊的圍觀人群也越來越多，他們也不想只為了個女孩子而捅出大亂子，於是帶頭的混混一聲令下，他們便迅速離開了。

呂布見他們走了，才見到自己滿是鮮血的手臂，人群中竟然滿是憐憫的眼神，他有些受不了，他迅速的搜尋貂蟬的蹤影，竟發現她已經離開了，呂布一時不知所以，看著流著血的手和眾多圍觀的人，呂布心中不免有氣：

「難道這就是她對我的回報嗎？」

他的心中感到一陣孤獨，他只有自己走向保健中心，包紮這不算小的傷口。突然間，呂布覺得好累，他回憶起自他有想法以來，他就一直為著「冠軍」這個頭銜執著，任何比賽、考試，不論是他拿手或不拿手的，除了第一，彷彿他就是個失敗者，他從不喜歡去討好人群，他習慣離群索居，他習慣大家對他俯首稱臣，雖然，大部分時間他是孤獨的，但他心中始終相信，人人心中都有個呂布存在。

在小學畢業前夕，他於偶然間讀到一本談論偉人思想的書籍，從小，他便出類拔萃，但他一直想更上層樓，那本書籍，帶給他一股前所未有的衝擊，他特別將書中部分精華摘錄出來，記載在日記中：

「所有偉大的事物，不能與現實抗衡，一但神祕抽象轉為具體，原形就變得平庸了，一切崇拜，一但離開神祕的面紗，就會不知所措。所以人們會崇拜耶穌的裹尸布和釘腕的鐵釘，卻對活生生的耶穌任其浴血，因為人們對於死永遠未知。所有偉大的事物，都只能是精神或是死亡……。」

這樣一段簡單的文詞敘述，卻深刻的影響呂布未來的發展，他一直認為，他的出色表現並沒有和他所受的待遇成正比，他依舊和一般人一樣，庸庸碌碌，他無法忍受這樣的平凡，當天晚上，他便在他日記上記載了他的夢想：

「我將盡我所能，奪取所有屬於我的榮耀，我將離群索居，完成我最偉大的成功，我，呂布，終將成就不平凡的一生。」

自他升上國中之後，他便變得寡言，但在辯論場上，他卻永遠是最鋒利的那隻箭頭，小小年紀的他，雖然常常難忍孤獨的滋味，但這種心情每每總被得獎的喜悅和同學暗暗的崇拜所解消，慢慢的，他也被這種情境同化了，他習慣別人看他的角度，那是仰角，崇高無比，他喜歡別人談論著他，卻總有不同的答案，

「不管他們心理怎麼想，呂布就是呂布，別人無庸置喙。」

但此刻的呂布面對貂蟬，他似乎被她徹底擊垮了，他試著重新調整自己，他甚至試著想親近她，他方才的鬼臉舉動，是他想也未曾想過的輕薄舉動，但卻被貂蟬拒於千里之外，他一手構建出的王國，在貂蟬眼中，似乎成了沙雕的堡壘那樣的不堪一擊。

第八章

第一次接觸

呂布走出保健中心，他被更強烈的孤獨襲擊著，他不自覺的走向計算機中心，以Ghost-Lu的代號上了網，開啟他的名片檔，他如此介紹著自己：

「不要被我魔鬼的思想所感染，
不要被我魔鬼的言論所迷惑，
我用靈魂和撒旦交換了所有的榮耀，
除了掌聲，
我一無所有。」

他望著自己的Plan，他充滿無限迷網，這些年來，他究竟真正獲得過什麼？隨著思緒的起伏，他在網路上也無目的漫遊著，突然在談天說地區，他發現一個自稱「一無所有」的傢伙，他對他充滿好奇和想像，於是他便Query了他的名片檔，他如此寫著：

「如果我真能傷害他，
在我心想傷害他的時候，
我早已深深傷害他了，
如果我不能傷害他，

即使我對他施以酷刑，

我又怎能傷他分毫。」

「這傢伙，如果不被人所在乎，還真是一無所有。」呂布想想自己的遭遇，產生了對他同病相憐的共鳴，於是他呼叫了他：

「Hi!」

「Hi!」

「現在的你，除了掌聲，仍一無所有嗎？」

「是的！你呢？」

「我依然一樣，對他感覺模糊，只有在傷害他的時候，才有跟他「接觸」的感覺」

「聽不懂せ？@％＆＊〈＃？」

「算了，交淺言深，對牛彈琴。」

「妳是女的喔！」

「何以見得？」

「矛盾的性格加上柏拉圖式的愛情觀。」

「聽閣下的語氣，應該是大男人嘍！」

「大不敢言，男人倒是真的。」在網路的隱藏下，呂布發現自己竟開始顯得幽默，對於這個陌生人，他無所謂隱藏，他只想盡情的抒發自己。

「談談你吧！MR. Ghost？」

「About What?」

「有關你用靈魂交換榮耀的事啊！你一定非常出色吧？」

「豈敢！豈敢！我的榮耀只足以滿足我小小心靈，對我而言是榮耀的事，也許在別人眼中根本不值得一提。」

「別太謙虛喔，你願用靈魂交換的榮耀，應該有值得一談之處吧？」

「完全沒有，因為我的靈魂也是不值得一提的，撒旦只願用最廉價的榮耀與我交換。」

「好吧！既然你這麼謙虛，就談談你吧！談談你平常的喜好，個性？」

「我的喜好非常廣泛，只要是比賽項目中包括的，我都有興趣。」

「真的，你是運動選手嘍！」

「可以這麼說，運動也是比賽的一種。」

「喂！先生，才說你謙虛，就開始囂張了哦！我想你平常一定是個自卑自大狂？」

「何以見得？」

「自以為謙虛的性格加上不服輸的價值觀。」

「哈！好一個以其人之道還制其人之身。」

「彼此！彼此！」

「談談你的網路性格吧！現在的你和現實生活的你有何不同？」

「難道你又知道這兩種我是截然不同的？」

「當然知道，網路上的你，瀟灑中帶點拘謹，有點強顏歡笑的感覺！」

「唉！你真是很聰明的女人？」

「是Girl，非Woman，還有你要注意標點符號，後面要用。而非？懂嗎？」

「是的，小人失言了，請見諒！」

「原諒你，再小小的吐嘈一下，是失手，不是失言。」

「法語之言，能無從乎？改之為貴，我改，我改！」

「掉書包了哦！不跟你扯了，我們言歸正傳，趕快說說你的網路性格吧。」

「好吧！我說個故事給你『看』吧！」

「洗眼恭看！」

「曾經有一個人，他在甲地生活，但他總是遭人排擠，受人誤會，有一天，他認識一個來自乙地的人，他問他：「乙地的人好相處嗎？」

那人回答：「你覺得甲地的人如何？」

他說：「糟透了！」

那人便說：「除非你能找到甲地人糟透的原因，否則，乙地的人一樣糟透了。」

故事很短，說完了。」

「這個故事恕小女子愚昧，這跟我問的問題有什麼關係？」

「當然有，一個人若不了解自己，那即使他再怎麼偽裝自己，大家看他的態度也始終如一。」

「那你了解自己了嗎？」

「開始有一些了解了。」

「那你開始做『心靈改革』的工作嘍？」

「非也，非也，只是了解，並非改變，三軍可奪帥也，匹夫不可奪其志。」

「魔鬼先生，拜託！拜託！這不屬『恐』夫子所說的『志』吧！」

「開你玩笑的啦！士不可不弘毅，我真的要努力改頭換面了。」

「以子夏的一句話和你共勉：

「君子有三變，望之儼然，即之也溫，聽其言也厲」

「謹聽教誨。」

「嗯，下次有空再聊吧，我該回家當乖女兒了，明晚你會上網嗎？」

「雖千萬人，吾往矣！」

「好，謝謝你的義無反顧，Bye。」

「Bye！」

下了線，呂布洋溢著興奮，

「原來，有個可以談心的朋友會是這麼快樂！」過去，他一直沉溺在他所構建的王國之中，他覺得他不需要去接受別人的建議。

「那根本是多餘的！」而如今，他竟如此歡愉，好像有個「長驢耳朵國王」的祕密和人分享之後的那種輕鬆，走到醉月湖畔雖下起大雨，卻無雨中蕭瑟孤獨感。

心期見卿未有期，醉月夜雨漲秋池。何當共剪西窗燭，卻話醉月夜雨時。

呂布開始期待著明天此時的到臨。

第九章

想念

貂蟬事件在T大校園引發廣泛的關注，大家都口徑一致的譴責暴力，貂蟬也成為大家慰問的對象，一個上午下來，貂蟬沉浸於過度的關心下，只想找個地方逃避，在中國文學史課堂上，她好不容易喘了口氣，心情頓時覺得輕鬆，手底下也無意識的亂寫著：

「如今才是十三夜，
月色已如玉，
未是秋光奇絕，
看十五十六。」

她回想起昨天下午呂布英勇的模樣，想到他被劃破手臂上的傷口，心頭不由得一陣心痛，正巧臺上的中文系名師劉備教授，談到蘇軾的《定風波》：

「莫聽穿林打葉聲，
何彷吟嘯且徐行，
竹杖芒鞋輕勝馬，
誰怕，
一簑煙雨任平生。

料峭春風吹酒醒，
微冷，
山頭斜照卻相迎，
回首向來蕭瑟處，
歸去，
也無風雨也無情。」

她馬上聯想到呂布孤獨蕭瑟，卻毫不在乎瑀瑀獨行的身影，心頭不覺又是一震，那汩汩流出的血液，一滴滴淌進她最內心深處。

「貂蟬，你解釋一下蘇軾《定風波》的意含。」劉備見貂蟬魂不守舍的模樣，遂點她起來回回神。

「這是暗射一個才華洋溢的男子，因不被人所了解，而抑鬱於懷，最後反求諸己，而能平淡一切的心境。」

「從詞自面上來看，妳說平淡一切的胸懷倒還可以接受，至於前面這個『不被人所了解，而抑鬱於懷』，這妳由詞中何處探得？」

貂蟬一聽，不覺面紅耳赤，方才心一急，把呂布的模樣都嵌進詞中了，她一時不曉得如何答話，只能羞赧赧臉紅似蘋果般的立於座位上，突然一個聲音冒出來解救她：

「教授，這首《定風波》要闡釋蘇軾的心境，不啻是以管窺天，需檢視他其他作品，如他在《水調歌頭》中，詞首以問天、問月開始抒發他對人生的抑鬱，當時他因與王安石政見不合，輾轉州縣，所以這首詞也能相當程度反映他因政治上失意而對現實不滿，想要超脫塵世，詞末：『不應有恨，何事偏向別時圓，人有悲歡離合，月有陰晴圓缺，此事古難全，但願人長久，千里共嬋娟。』這則是反推求世上一切，以磊落的襟懷平淡一切，這首詞和《定風波》在情感上，實有異曲同工之妙！」貂蟬側頭一看，發現替她發言的竟是中文系的才子，曹植，劉備聽完後，點點頭笑著問：

「你知道《定風波》和《水調歌頭》兩首詞相差多久嗎？」

「《水調歌頭》是神宗熙寧九年，《定風波》是神宗元豐五年，兩者相差五年。」

「既然如此，蘇軾在《水調歌頭》中既已抒發自己以磊落的襟懷平淡一切，為何相距五年後，他又會在《定風波》中因不被人所了解，而抑鬱於懷，並又再一次反求諸己，並平淡一切，東坡先生在你心中，是如此反覆的人嗎？況且《定風波》一詞中並無明顯字句描繪作者心中抑鬱之情，充其量只是單純寫景並把當時坦蕩胸襟表達於天地，你們的解釋會不會過於穿鑿附會？」貂蟬聽完之後心中不禁為曹植暗暗擔心，只見曹植不急不徐的說道：

「我以為文學本來就沒有定性，即使他一天中同創出悲苦歡樂兩種截然不同風格的作品，那也是天經地義，人，本來就是喜怒無常的，人有悲歡離合，月有陰晴圓缺，無鬱懷之人，心中也不會有此陰晴之聲。」

此時只見劉備滿意的點著頭，笑看著曹植說道：

「好！很好！學詞，就是要這樣和『古人一起瘋』，很多學者以為宋詞的意境是釐然可判，其實哪是，人心，本來就是反覆無常的，『無意不可人，無事不可言。』才是詞的境地，那是心中的旋律，所以宋詞『言情』的思緒程度遠過於詩的格律，所以作品和作者的契合度是心靈的結合，所以宋詞是不可以常態去度量的，它不受羈絆，它更因此而為渾然天成的天籟之音，你能真正聽到，自己心底的聲音……。」

貂蟬聽著劉備教授的評論，再看看曹植，發現他們兩人眼中都閃著同樣的光華，整個課堂上也瀰漫著如此的氣息，已失傳的樂譜，似乎再度被唱起。而透過他們解釋的啟發，貂蟬對呂布似乎也有更深一層的體認，人，之所以為人，是因為有綜合的喜怒哀樂，是過去到現在的匯集……。

尋尋覓覓，冷冷清清，淒淒慘慘戚戚。乍暖還寒時候，最難將息。

真實的人，不會只有單一的情緒，她不經意的又想起呂布……。

第十章

一見鍾情

才剛吃完晚飯，呂布便到計中去，今天一整天，他一改過去嚴肅的表情，整天笑嘻嘻的，同學們見了，也感染了他愉悅的氣息，好奇的問他，他只回答沒什麼，實際上也真的沒什麼，只是認識一個網友罷了，但對呂布而言，這個「一無所有」，幾乎就是他唯一可以傾吐心聲的「所有」了，一個他唯一可以放開心胸去了解的人，雖然沒有她的容貌、聲音……等一切的一切，雖然都只是文字，只是電子訊號，但對呂布而言，這確是他人生的一大步。

一直到七點，呂布才見一無所有蹣跚來遲，

「一無所有小姐，你遲到了。」

「哦！是嗎？我以為我還算來早了！」

「根據中央氣象臺的日出日落時刻表，今天六點十分便進入晚上了耶。」

「魔鬼先生，想不到你還真計較屬於你的夜晚！」

「嚇！妳還真把我當魔鬼看了，等會我派牛頭、馬面去抓妳來好了。」

「好怕！好怕！別嚇我啦，你還不是一直叫我一無所有，大家扯平好了，不過我們到真的該改改我們的稱呼，以免『夜長夢多』。」

「好吧，那以後我叫你膽小鬼好了，這該比一無所有強吧，至少，已經是個鬼了。」

「是哦，兩個鬼晚上在網路上Talk，你不怕閻羅王來插花？」

「好吧！那美人，仙女，白雪公主，你覺得如何？」

「俗氣，幼稚。」

「那就有學問些，沉魚落雁，傾城傾國，環肥燕瘦，……。」

「你腦子中就裝這些陳腔濫調嗎？難道沒具體一點的嗎？」

「有，當然有，不如最具體的稱呼你為中華民國的一位小姐，簡稱——中國小姐，這最具體了吧。」

「唉！全是些餿主意，不勞您費心了，以後，你稱呼我為阿丹好了。」

「阿丹！聽起來好像滿不錯的，既然如此，那我也要改個名號，以後，你叫我——阿甘好了。」

「阿甘，是阿甘正傳裡頭的阿甘嗎？也好，你們倆的智商頗相近的。」

「非也！非也！此甘非彼甘，此甘應作丹，只因有阿丹，為爾扯下頭，石榴裙下窩，回腳向上安，故有阿甘。」

「呵！好一個阿丹變阿甘，算你掰的有理，就叫你阿甘罷。」

「謝主賜姓隆恩，若在古代，我就成了國姓爺了。」

「呸！什麼國姓爺，難不成我成了武則天了。」

「雖不中，亦不遠矣。你也是皇后，不過是白雪公主裡頭賣毒蘋果的那個。」

「甘先生，你對我有很深的誤會哦！說說看你對我的感覺吧？」

「小人斗膽，豈敢冒犯聖顏。」

「准卿照做，但說無妨。」

「臣僅以以下一首辭表明心跡：

網路美人兮，見之不忘，

一日不見兮，思之如狂，

鳳飛翱翔兮，四海求凰，

願言配德兮，攜手相將，

不得Talk兮，使我淪亡。」

「唉！阿甘，你真能掰，你憑哪點覺得我美？」

「見字如見人，我由你電腦上工整的字跡，斷定你是美女。」

「那我真該感謝你家的電腦，說真的，若我貌不驚人，扁平胸，小矮個，你將如何？」

「我將為妳狂喜，因為化妝品錢，胸罩錢，高跟鞋錢，你全都可以省了，看遠點，也許連奶粉錢也可以省了。」

「什麼話，算了，不跟你一般見識。阿甘，給你機會，輪到你問我問題啦！」

「好！請問妳，等會還要問我什麼問題？」

「阿甘，你很賴皮喔！你難道不想問我一個很重要的問題嗎？」

「很重要的問題？如果很重要，還是不要問妳為妙。」

「唉！就是你們男生最重視的啦，難道你不想知道我的身材，我的容貌嗎？」

「古人有云：相形不如論心，有心無相，相逐心生，有相無心，相隨心滅，所以我只要和妳談心便成。」

「我看你根本就無相無心，所以不敢跟我見面。」

「妳！妳要跟我見面嗎？」

「唉，怎麼弄成這樣，變得好像是我求你跟我見面似的！」

「還是我要求妳呢？」

「這不是誰求誰的問題，你真是——阿甘。」

「我本來就是阿甘，好啦！以上都是跟妳開玩笑的啦！其實對妳，當然也會有幻想，但我怕會有後遺症，見面之舉，確要三思而後行。」

「你擔心的是什麼？」

「妳知道嗎，在某種程度上，妳所看見的，只是一部分的我，我怕妳見了我本人，會有無法聯想之感！」

「真的聽不懂せ？妳又不是我，妳怎知我如何聯想你？」

「人是先入為主的，尤其我在人們心中已經根深蒂固的被定型了，你應該不會例外，你見到現實生活中的我，只會覺得驚訝！」

「什麼意思？你就這麼篤定，篤定我在心中已經『先入為主』的為你預立了一個空間，憑什麼你會認為我對你已有根深蒂固的印象？難道你已認識我？」

「不是這樣的，但我想妳多半會聽過我。」

「聽你這麼說，我對你更加好奇了，乾脆一點吧！請問尊姓大名？」

「名姓不足道，無名小卒也。」

「彼狡童兮，不與我見兮，維子之故，使我不能餐兮，

彼狡童兮，不與我面兮，維子之故，使我不能息兮。

子不我思，豈無他人？狂童之狂也且！

子不思我，豈無他士？狂童之狂也且！」

她見呂布這麼推三阻四的，遂引了詩經來諷刺他，呂布見她竟大膽的引用了詩經中女子驕叱之詞，心中不覺感動，淺意識中，他興起了見她的念頭，好勝的他，也藉機展示一下身手，

「關關雎鳩，在河之州；窈窕淑女，君子好逑。

窈窕淑女，寤寐求之，求之不得，寤寐思服。

豈如卿所言之狂童，既狡且愚。

如卿之言！明午三點，醉月湖畔見，不見不散，至海枯石爛。」

「貧嘴狂童，願守信諾，黃牛者烏龜也。」

「哈哈！不跟你落古文了，明天，我怎麼認妳？」

「不必你來認我，明天我見了你，反正如你所言，我對你有『根深蒂固』的印象，我就找那個我有印象，卻又認為最不可能的人便成了。」

「好，希望妳找不到我？」

「哈！有點語病，應該是希望我一開始找不到你，經過『一番跋涉』之後，終於

見面。」

「哈哈！那就這樣嘍，Good Luck to You!」

「You too!狂童，sayonara囉！」

「Goodbye!狡女。」

下了線，離開計中，呂布興奮的心夾雜著憂慮，他心中不斷思索著同樣的問題，兒時的記憶不斷在呂布的腦海中盤繞，他堅持了那麼久的觀念，是不是就此改變，

「英雄？朋友？」

「還是食言，仍做個眾人眼中的『狂童』？」

呂布的思想存在著決定性的關鍵，明天，將是抉擇的時刻，他甩甩頭，像想拋開一切似的。

嘆年來蹤跡，何事苦淹留。

想佳人妝樓顒望，誤幾回、天際識歸舟。

爭知我，倚欄桿處，正恁凝愁！

「將一切留給明天吧！」

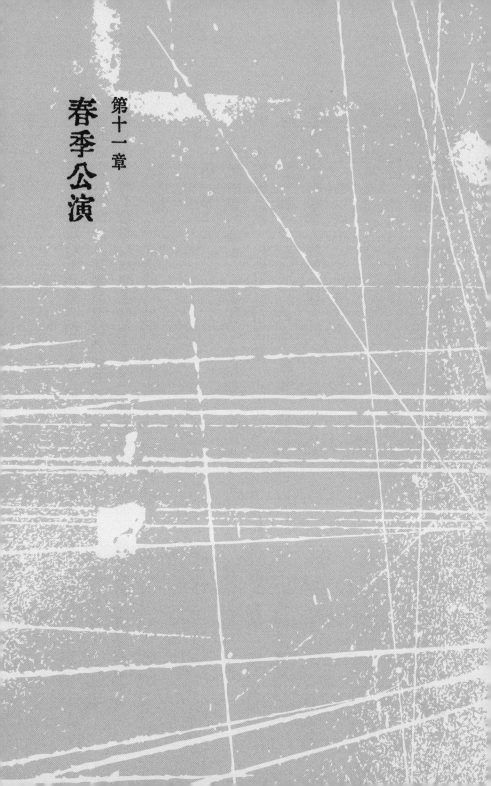

第十一章

春季公演

話劇社中，周瑜、諸葛亮和小喬，他們為了春季的公演也正在傷腦筋，由於這一屆的新生表現傑出，話劇社學長們便將春季公演這個重責大任交到他們身上，而諸葛亮，也承擔了編劇及導演這個重責大任，話劇社中，他們討論著諸葛亮寫好的劇本大綱：

「第一幕：

我所構想的故事，是敘述一個極端自負的男子（佳里），總是對他周遭的人、事、物不屑一顧，他總以為自己是宇宙的中心，任何事物均需以他為準軸，他即是萬物的尺度，他不重視別人的想法，感覺，他只相信以自己的角度下去看待萬事萬物，並以自己的觀念去解釋一切。

在一場車禍中，他的雙耳失去了功能，

『我是聾子了！』

此後，他的自卑取代了他的自負，他認為，這是上天對他的忌妒，因為，只有神知道，這種挫折，是他無法負荷的，『天亡我，非戰之罪也。』成了他的最佳藉口，從此他變得消極，頹喪，他認為，既然上天厭惡他的驕傲，那麼，他便自卑吧，自此不再抬起他的頭，他的臉，永遠是向下的……。

第二幕：

在他家旁邊，有個令他心儀的女孩，每天早上，他都只能在他的窗前注視著她出門，過去，他因為自負不肯接近她，現在他又因為自卑而不敢接近她，這種情況造成他多變易怒的個性，從小他便和哥哥相依為命，哥哥對他也是予取予求，但他卻從來沒替他哥哥想過，一個家生活的重擔壓的他的哥哥喘不過氣來，對於佳里，他哥哥也只能旁觀，甚至無暇顧及。

在一天臨睡前，佳里默默的祈禱：

『如果能讓我恢復原狀，就算只一天也好，我真的想聽聽那歡樂的聲音，什麼時候，我能再和它相遇，如果能，我會將我的生命和靈魂，貢獻給這個宇宙。』

當他祈禱完，他冷冷的對著鏡中的自己笑著，

『沒用的！沒用的！』

他坐到鋼琴前，手指不斷的彈奏Sol. Sol.-Sol.-mib，Sol. Sol.-Sol.-mib，這是貝多芬第五交響曲的開首，貝多芬曾言：

『命運就是這樣來叩門的！』

佳里就這樣連續的呼喚著屬於他應有的運命，

『來吧！來吧！還回屬於我的一切。』

但他，聽不到一絲一毫的聲音，所有的回答，永遠只有靜寂和他心中難熄的炙怒。

清早起來，奇蹟發生了，他聽見晨鳥悅耳的歌唱，他輕輕的傾聽著，當水珠晶瑩的滑過他光潔的面龐，響起那晶瑩的聲音時，他感動的流下淚了，

『生命的歡愉！這就是生命中的歡愉！』

他急忙奔到早餐桌前，興奮的展示他的聽覺給他的兄長，而他竟只是回答：

『真的嗎？真是太值得恭喜了！』

佳里聽了，只覺得語調平淡而公式化，聽不出任何興奮之情，他只是感到疑惑

『難道是我太久沒聽見聲音了嗎，這樣的語氣，是表示高興的嗎？』

他內心充滿困惑，他望著他的哥哥，

『難道是忌妒嗎？不可能的！不可能的！』

他想不出答案，但他已被聲音的喜悅沖昏了頭了，他急切的想外出，想看看這個

世界，聽聽這個世界。

第三幕：

街上的人，對佳里竟和往常一般，對他的耳聾，大家似乎不復記憶，在街角，他遇見了當地的一個智者，他問道：

『我的耳疾消失了，就你認為，這對我有何意義？』

『就你而言，這代表你可以聽到聲音了啊。』

『既然如此，那為何我的朋友，甚至我的兄長，他們幾乎都視若無睹？』

『你認為，聲音瞧的見嗎？』

『即使如此，難道他們不該為我感到高興？』

『你認為呢？過去他們可以藉由安慰你來創造自己的成就感，現在呢？就算會這種高興也只是微乎其微，你很難感受的到，你知道嗎，你聽的到，對人們而言，是天經地義的事，因為他們也聽的到，人們會感到興趣的，是真正的奇蹟，因為，這樣他們的希望才會有意義。』

佳里聽了，仍是一知半解，當他返回家門口，正好遇到那個令他心儀的女孩子，今早的一切，令他困惑不已，他決心在這個女孩子身上尋求答案，他鼓起勇氣上前和她打招呼，發現她所流露竟是陌生的目光，他感到驚訝了，長久以來，他一直認為存在他和她之間的是那那該死的靜寂，當他重新聽見世界的聲音，沒想到他們依然陌生，他的感官功能似乎在一瞬間都喪失了，他反射性的問了一句長久以來放在他心中的一個他反覆自問的問題：

『妳會喜歡現在的我嗎？』

『什麼？』女孩回答的聲音重重的撞擊著他，那女孩睜大的雙眼如無底的黑洞，將他的一切逐漸融去。

『我認識你嗎？你是神經病嗎？』

全劇就在這個衝突中達到最高點，最後，他由這個夢中再度醒了，回到現實，原來這是個夢中夢，他依然是他，不論是夢或是其他，都是他的想象，他依舊聽不見任何存在的聲音，他面對鏡子，左手拿起刀子。在左臉狠狠的劃上一道，接著是脖子，血在剖白肉的縫隙中狂湧而出，白肉頓時染的鮮紅，他清楚的看到鏡中喉結來回的抽動著，他彷彿看到過去自己所處狹隘的輪迴，他冷笑著：

『我，終於跳脫這個枷鎖，我，終於贏了上帝！』

之後，佳里倒在血泊中微笑的死去。」

「這個故事結束了，你們有什麼意見？」諸葛亮輕輕的問著。

小喬和周瑜聽了之後，只覺的心情起起浮浮，就劇本而言，這樣的故事結構確實極具張力，也給予觀眾相當的想像和反省的空間，悲劇性的結局也讓這齣戲有產生更大迴響的可能。

「這是一齣相當細膩的舞臺劇，有十分多的象徵意含，若以全知的觀點去做獨白描述，可能會喪失這齣戲應有的神祕感和想像空間，我建議不如以意識流的肢體語言，以沉默來營造全劇，並極力和現實結合，以取得觀眾的共鳴。」周瑜如此的說道。

「我也贊成這種表現手法，在日常生活中，我們也常出現相類似的自卑心境，所以，我們只要在舞臺上稍微引導一下觀眾，便能獲得異想不到的共鳴，而意識流的手法，最能在這種小細節上著墨，並慢慢勾引著觀眾的靈魂。」小喬認同的回應著。

這是周瑜和小喬第一次觀念這麼相同，兩人不禁相視會心一笑。

「這種手法最怕就是營造的意象不夠徹底，會給觀眾跳脫、拼貼的印象，我非常同意你們上述的說法，但我們必需打造一條『感覺的主軸』，使觀眾看這齣戲時，不致雜亂無章而不知所云。」諸葛亮緩緩的說道。

「在舞臺上，什麼是能引領人的工具呢？」小喬知道諸葛亮心中已經有底了，直接了當的問他。

「音樂！而且不是深奧難懂的古典樂，而是通俗的流行音樂，配合歌詞的詮釋，促使觀眾能更流暢的了解整齣戲的意境和想法。」諸葛亮信心滿滿的說著。

「這樣，會不會使整齣戲過於媚俗，甚至喪失了戲劇應有的純度和神祕感？」

周瑜這樣質疑著。

「這齣戲的精髓應在概念而非手法，我想，我們不必將整齣戲的風格束之高閣，而讓觀眾有隔靴搔癢之感，我們的責任，是將我們所欲表達的精神完整呈現。」諸葛亮回答著。

至此，周瑜、小喬他們都同意了諸葛亮的想法，話劇社春季公演的劇目，也在他們的共識中緩緩開展。

第十二章

覺悟

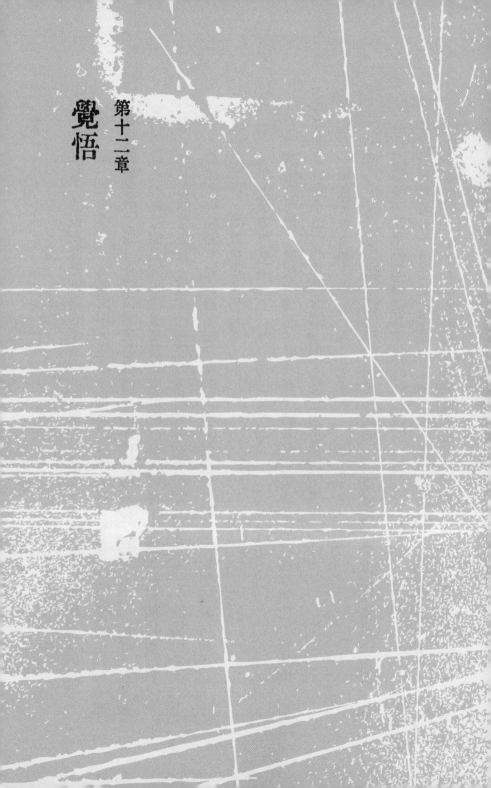

早上，呂布在哲學概論的課堂上，顯得抑鬱難安，從小到大，他所堅持的理念，又一點一滴的浮現在他腦海中，從小，他雖然才華縱橫，但他因家境貧困，所以在他們同儕眼光中，他一直認為那帶著很濃厚憐憫色彩的眼神，是他心中的最痛，在午後的烈日下，每每他只能眼望著樹蔭下成群吃冰聊天同伴，而他，卻只能頂著烈日，一遍又一遍耙翻著稻穀，每次他總覺的，他似乎要和稻穀一起烤焦了，他痛恨老天的不公，加諸所有痛苦於他一身，一次次的，他的個性變得極端，他想凌駕所有人之上，他享受冠軍，他想藉此諷刺老天，

「你，擊不垮我的。」

這樣的思想，這樣的憤怒，就一直伴隨著呂布至今，他一直不明白，為什麼，最近他竟會身不由己的想做改變，他，已經習慣孤獨了這麼久了，

「難道是因為她！」

他心中又浮起那道令他心悸的眼神，此時，只見教授在臺上口沫橫飛的說著，射進耳際的幾句話重重震撼著他：

「悲觀的人，所悲觀的不見得是觀念，而是現實，也許他們更明瞭現實的無情，那些所謂積極主義者，如果他們本身所冀求的，從結果看只是背離事實的催眠，那麼

他自認再偉大的事，都將是一場笑話，比方來說，當我們用放大鏡去看一杯水時，我們會發現，其中成千上萬的生物，汲汲營營爭奪的景象，以我們的立場，我們會覺得十分可笑，但反過來想，人生何嘗不是如此，所有的榮耀，都將只是宇宙中的一段平庸且渺小的過程。」

當呂布還在思索個中意味的時候，只聽見周瑜站起來如此的反駁著：

「照教授這麼說，所有我們所追求的，都是虛幻，因為，即使現在自己認同的觀念，將來也可能改變，所以我們活著，根本是『似是而非』的存在。」

「沒錯！沒錯！整個生命的存在就是這樣，你想想，可能現在的你，會遺憾過去未能利用機會去捕捉某種幸福，而在抱怨，在懺悔，但你想想，即便當時你利用了所有的機會，對現在的你而言，又能殘留些什麼？以叔本華的觀念來談，人，就是由物質不斷的流出和流入來維持我們的生存，由這現象，更可確證：『人體對物自體只不過是現象。』，所以人類可比之為炊煙，火燄或瀑布，如果沒有從他處而來的流入，立刻就衰竭、停止。」聽完這段話，只見周瑜臉上青一陣、紅一陣的，站立在原地，訕訕的說不出話來，過一會兒才激動的說：

「難道生命只是這樣嗎，炊煙，火燄或瀑布，他們成就了什麼榮耀，他們唯一和生存相同的，只是單單是生生不息，其他則完全不能類比，很多人活著，也許空虛的毫無意義，但你不能否認，人類完成了很多，炊煙，火燄或瀑布根本就不值得一提。」

「你說的很好，我以一段哥德的詩與你分享。」

「小孩子不能踐守約定的事，年輕人也很少能遵守，然而，他們守約時，社會方面反而食言背信了。」

這便如前我所說的，所有我們所追求的，都是虛幻，社會常揚言把榮譽的桂冠贈與有價值的人，但事實呢？反而戴到那些欺世盜名的人的頭上去，這就是我一開頭所講的，悲觀的人，所悲觀的不見得是觀念，而是現實，我之所以會將存在做類如炊煙，火燄或瀑布，不是形其外在，而是述其行屍走肉的本質，你所謂的榮耀，充其量，不過是短暫的煙火或激起的浪花。」

呂布聽了之後，只覺得腦中的觀念似乎在進行著重組，

「過去我的榮耀，原來只是一場虛幻，是炊煙，火燄或瀑布，沒想到，我封閉自己這麼久，奮力完成的榮耀，都是一齣齣鬧劇和渺小無謂的過程。」一想到這，呂布回想，才驚覺自己真的浪費了太多的時間了，他望望周遭的同學，才發現自己竟和他們

如此陌生，他在心中反省著：

「我究竟在做些什麼？我究竟又獲得了什麼？」

一件件往事就如同浮光掠影般快速的在呂布的腦海中翻拍著，每一個觸及他的鏡頭都是憂鬱、沉默的。從小到大，他完整的封閉自己，他不知道，究竟，他得到了什麼，突然間，他似乎的看透了自己過去的荒謬。

「原來，我忽視了我最重要的東西！」

「也許，我該去見見她。」他已經下定決心要去見這個一無所有，

「她，也許會是我人生中的轉捩點。」

下午二點五十分，呂布提早到了醉月湖邊，他輕輕的拉了拉衣角，這次，是他第一次有緊張的感覺，白天上課時間，這裡的人少的屈指可數，每一個經過湖邊的「女人」，都令他有窒息的感覺，這種感覺，他已經好久都沒有體會了，他靜靜靠著欄杆，不自覺回想起他小學時第一次參加演講比賽的情景……。

那天，也跟今天一樣，是個豔陽天，那是他生平第一次參加比賽，在家中，他早

已將講稿背的滾瓜爛熟，但面對那麼多的評審和對手，他心理還是緊張，昨天晚上，他已經將他的白上衣重新洗了一遍，但是，昨晚下了一場大雨，他擔心了整晚，早上，白上衣還是有些潮濕，袖口上也有些黃，這件鄰居不要的制服，成為他的新衣，他心中有無限的委屈，

「我不是乞丐，我要得到第一名，我要他們都刮目相看。」他心底發誓著。

那天，比賽的題目是「談孝順」，「父母是燈塔領航，父母是農夫灌溉，父母是園丁栽培，父母是天是地……，」呂布的老師用這樣的詞句堆砌出一篇呂布的演講稿，當一個個比賽選手上臺演講之後，他越聽越覺得心驚，

「為什麼大家講的內容都差不多？」

他不曉得原來他們的講稿都來自差不多的範本，百善孝為先的高調被唱的爛熟，孔子似乎要從死人墓中被喚出，有個「阿花」甚至噙著淚水述說他阿爸是如何辛勤出海捕魚、遇到如何狂風巨浪，她如何焦急得等待在港口邊，迎接她阿爸回家。而實際上呂布知道，她家是在賣包子的，她阿爸根本遇不上什麼狂風巨浪，充其量，只不過

是一些「麵粉浪」罷了。

「原來，大家都在抄。」

一直到輪到他上臺的前一刻，他發現他的講稿已經完全東拼西湊的被他前面的參賽者「聲淚俱下」的說過好幾遍了，他很奇怪那些傢伙，

「為何還會留下相同的眼淚。」

當司儀喊到他名字的時候，他抑制著自己緊張的情緒，緩緩的步向講臺，雖然在多年以後，他還是很清楚的記得當時的情景，和他臨機應變說出那段令大家驚訝的話：

「……很多時候，我們的孝一直都是用講的，我不明白，為什麼孝順父母不同於吃飯、穿衣一般自然，不必一再重複的說，而自己就會去做，難道，孝順不是一種天性嗎？我們有花很多時間去宣揚人該吃飯、穿衣嗎？為什麼孝需要去壓迫、去學習，然後才會懂，跟我們學數學、自然那些科目沒兩樣，有時候，甚至還學不會，甚至連老師都不會，難道，孝順是這樣的嗎？父母是燈塔領航，父母是農夫灌溉，父母是園丁栽培，父母是天是地……，如果父母不再是這些，是不是我們就不必去孝順，人家說天下無不是的父母，但又說大義滅親，我都弄糊塗了，什麼是真正的孝順，我想，

第十三章

驚喜

當呂布還沉緬於回憶中時，他不曉得，有個女孩正站在旁邊看著自己，一直到他回過神來，才發現她的存在。

「是妳！」他驚訝的看著她，竟然是——貂蟬。

「妳好，謝謝你那天的仗義相救。」貂蟬一反常態，學呂布慣有的模樣，似笑非笑的看著呂布驚慌失措的模樣，呂布此時也知道自己的窘態，但他還得等阿丹，他正處於「腹背受敵」的情況，臉上的表情就顯得更不自然了。

「請問，你在等人嗎？」貂蟬微笑的問著。

「沒有，我只是隨便逛逛。」呂布實在不想貂蟬知道他在等人，他很希望貂蟬離開，卻又不知以何名目，且竟也不自主的矛盾，只見貂蟬定定的看著自己，似乎沒有離開的打算，他更顯得驚慌了。

「你在緊張什麼？」

貂蟬問這話更令呂布感到驚訝，

他沒想到貂蟬竟這麼大膽，竟敢直指他內心的感覺，尤其是以如此挑釁的字眼，她的大膽令他稍微回復了些理智，這個小女子，原本該由他玩弄在手掌心中的啊！

「緊張！」

「妳以為呢，何以你會認為我緊張？是妳先入為主的認定，還是你自以為知道某些原因足以構成我的緊張。」

呂布把問題丟回，他想多少會造成貂蟬的不自在，畢竟對他們兩人來說，這樣的談話，未免交淺言深了，但只見貂蟬仍笑吟吟的看著自己，似乎自己正有把柄在她手中，只見她嘴巴上嚼著口香糖，呂布更覺得詭異，過去，那個他眼中怯生生的小女孩子，如今，竟一反常態，甚至帶點「小太妹」的氣質。

「告訴你吧，我之所以知道你的緊張，是因為你自暴的緊張外表加上自以為是的掩飾方法。」

當她緩緩說完這句話之後，呂布的驚疑轉成了驚訝！

「你是……？」

「貧嘴狂童，今日輪到你技窮了喔！哈哈。」

當她說完這話，大半晌，呂布都吃驚的說不出話來，一時間，眼望著眼前脣紅齒白，笑靨燦爛的貂蟬，他似乎也不曉得如何去調適自己對她的態度，是過往現實中的自大、嚴肅，還是網路上那個貧嘴狂童阿甘，貂蟬見他如此的表情，直覺得有趣，

「你這樣的表情，倒挺像阿甘的喔！哈哈！」

哈哈！這個網路上他用來誇張的字詞，想不到竟被貂蟬在現實生活中連續引用在

他的身上，哈哈！昨天，他對這個阿丹有很多聯想，這個著急的女子，這個病急亂投醫的阿丹，他對她是不會抱太大期望的，所以，即使是再天使的身材，魔鬼的臉孔，他也都早有心理準備了，而如今，他看到的竟然是——貂蟬，而眼前這個貂蟬，又和他之前所認知的貂蟬有一段滿大的差距，一時間，他竟不知如何面對，過去那種可以在短時間中立即建立起的武裝防衛，如今，卻怎麼也建立不起來，此刻，他內心中，只充滿了激動、茫然和不知所措。

「你，當機了嗎？」

「當機？」

呂布聽見這種字詞，不禁感到迷網，

「我究竟是怎麼了？」他眼望著貂蟬，希望她能停止這個玩笑，希望她能和緩一點，他目不轉睛的看著她，嘴巴上卻不肯說出一句討饒的話，只是一雙眼，定定的望

著，貂蟬被他看的害羞，一道赧紅輕輕的浮現，也令她感到不好意思，

「你究竟在看什嘛？」

呂布見她害羞，也稍微和緩了點，但心中仍是激動的，他盡已所能的克制自己，「老天，難道這是你給我的補償嗎？」從小到大，雖然他一直是別人眼中的常勝軍，但他始終認為，這不是老天賜予他的，這是他努力來的，不像他其他的同學，他們不必努力，就有漂亮的書包，神奇的鉛筆盒，還有其他奇奇怪怪的玩具，而他，只能靠得獎來滿足自己，來獲取他買不起的文具用品。他，總覺得不公平，而如今，他竟會遇上眼前這個諸般美麗的女孩，這個舉校男生都夢寐以求的對象，他覺得他的心好緊，但卻又緊的舒服極了。

「難道，你就預備我們兩個這樣莫名其妙的僵在這嗎？」貂蟬這樣問他。

這時，他腦海中仍是混混沌沌的，百種感覺交雜，但仍有說不出的激動和歡愉，

突然間，他像想起什麼事般，

「走！我帶妳去一個地方。」

在貂蟬還來不及反應的時候，他已牽起她的手，快步走向活動中心，貂蟬覺得害羞想掙開他的手，無奈，呂布的手緊緊的握著，掙脫不開，只好由著他，一路上，多少欣羨的目光追隨著呂布，此刻呂布的心，洋溢著無比的歡愉。

到了活動中心，他牽著貂蟬上樓直奔鋼琴處，當呂布和鋼琴結合的剎那，音符由他指尖流洩而出，貂蟬不懂古典音樂，卻能由他的節奏中，感受他年輕、急切的氣息。這是貝多芬的第九號交響曲，過去，呂布一直無能去詮釋它，因為，他總是欠缺生命中那種真正的感動，他無法掌握那種歡愉的氣氛，連一絲一毫也無能，而如今，他竟充塞滿盈，他不想一次就將它宣洩，他想慢慢的釋放這種感覺，以低音將壓迫的情調緩緩釋出，是長久以來的長嘯，何妨吟嘯且徐行的幽緩。又似一簑湮雨任平生的豁達，一聲聲由琴鍵反射出來，接連而來的是各交響曲中綜合的曲調，回首向來蕭瑟處，歸去，也無風雨也無晴的經歷回溯，接著音調轉為柔和，撫慰著他的曾經，此時，他眼望著貂蟬，眼神中充滿感激，慢慢的，被平淡包裹的歡愉，開始一層層的被拆封，它慢慢的顯現，進而，它抓住了生命，此刻，歡愉和生命融為一體，音符也沸騰到了最高點，一連串進行曲的節奏，憾動了人心，那是呂布生命的勝利，是一場征服痛苦鬥爭的勝利，呂布享受著，進而，他引吭著歡樂頌歌：

「歡愉，神明的美麗聖火，天國的女兒……，吶喊啊，千千萬萬的眾生……。」

貂蟬聽了，感動的淚水盈眶，當她轉身拭淚時，她發現，不知何時，後頭竟擠了滿滿的人，大家似乎都感染了呂布所散布出的貝多芬氣息，大家都感受這片歡愉，在同一刻，每個人都敞開雙臂，將歡愉緊緊的摟在懷裡。

當呂布彈奏完畢，轉身欲攜貂蟬離開時，他發現他後頭滿滿都是人，大家見他回頭，報起了最熱烈的掌聲，其中一人走向前來，握著他的手，

「好！真是太好了！」呂布不曉得他是誰，只見他灰白的頭髮異常濃密，到處逆立，額角隆起，寬廣無比，眼神中燃燒一股奇異的魔力，呂布好似見到貝多芬般，有著極濃烈的親切感，他感受到他手底下的溫度，心頭暖暖的。

「這才是真正的英雄。」

他心理如此吶喊著，他望著貂蟬眼中的淚水，他好感動，他輕輕的將她擁在懷裡，貂蟬也靜靜的，回應她生命中的「英雄」最真摯的擁抱。

「我抱住了歡愉，我抱住了希望！」

他的心底，響起了最盛大的歡呼。

走出活動中心，呂布戲謔的問著貂蟬：

「見到我，你是不是有無法聯想之感？」

「嗯！沒錯，網路上的阿甘總是逗我笑，而此間的你，卻總是惹我哭。」呂布聽了，只覺得心中一片不忍，

「真的嗎？真的嗎？我是希望妳笑的，以後，我會盡我所能，來換取妳的笑容。」

「真的嗎？不過，我還滿享受這種哭的感覺。」貂蟬踨狹的說著，

「那好吧！為了讓妳高興，以後，我便想法子叫妳『喜極而泣』嘍！」

「好！」在這聲好中，貂蟬融入了所有的感激和崇拜，雖然只是短短的一個字，但卻是貂蟬生平的一個重要承諾。

呂布見她回答的誠懇，心中不覺一陣感激，卻又想再戲弄她，

少年不識愁滋味，愛上層樓。愛上層樓，為賦新詞強說愁。而今識盡愁滋味，欲說還休。欲說還休，卻道天涼好箇秋。

「好什麼！」經他這麼問了一下，貂蟬楞住了，

「這小子，一點都不曉得浪漫。」

「好就是一個女加一個子！我是女子，當然只能說好嘍！」貂蟬見他有意戲謔，不禁也起了玩心，

「照妳這麼說，女子要越少越好囉！」

「怎麼說？」

「妳看嗎！女少為妙，若三女以上則為姦，女子鉤心鬥角叫奸，男子昏了頭和女子終身就成了婚……，唉，真是不勝枚舉喔！」

「唉！聽了你的解釋，才知道你的國文根柢，真是……，過去實在是太高估你了，妙齡女郎指的是少女，三女成姦和女干為奸反應出的是過去以田力為主的大男人主義社會型態，男子要保有自己的地位，卻怕女子干預，所以想出這些子虛烏有之詞，至於婚字，要說也是女子昏了頭，何來男子之有？」

貂蟬說完後，只見呂布一付似笑非笑的模樣，一點「懺悔」之心也沒，不禁問道：

「笑什麼？」

「沒什麼，只是高興我認識一個聰明又美麗的女子，不禁喜極而『笑』。」

「貧嘴狂童，你真是欠罵喔！」

「哈哈！哈哈！」

在傍晚夕陽的照撫下，他們兩人的身影，拖的好長好長，在呂布哈哈笑完後，他們便並肩靜靜的走著，今天，是他們第一次正式認識，卻如遭夕陽的作弄般，他們拖了好久好久，他們兩人心中，都有鬆了一口氣的感覺，呂布心中狂喜著，

眾裡尋他千百度。驀然回首，那人卻在，燈火闌珊處。

「老天，這是我有生以來，你對我最公平的一次。」

第十四章

改變

在視聽小劇場中，話劇社的春季公演正緊鑼密鼓的彩排著，諸葛亮找來了關羽和張飛共襄盛舉，角色編排如下：

佳里：周瑜
佳里之兄：關羽
智者：諸葛亮
路人：張飛
佳里暗戀女友：小喬

為了這樣的角色分配，張飛不滿的抗議著：
「這種沒臺詞的路人角色，叫我怎麼發揮嗎？」諸葛亮聽到，便過來拍拍他的肩膀說道：
「張兄，從另一個角度來看，你不失為全劇的靈魂。」
「是嗎？我看我確實如靈魂般，超透明的，觀眾根本連看都不會看我一眼。」
關羽、周瑜和小喬聽到了他們的牢騷，都不禁撲哧的笑了出來，小喬笑著說：

「靈魂這東西，可不是開玩笑的，有他看不著，沒他也不行，你想想，這不是挺重要的嗎？」

「是嗎？等哪天你小喬小姐證明了真有靈魂這玩意兒再說不遲。」張飛酸溜溜的回應著她。

「好吧，好吧，不管如何，現在打起精神來，每個角色，都是全劇的靈魂，缺一不可。」諸葛亮招呼著大家，大家各就各位，正式彩排開始。

這劇結合了最新的影音劇場效果，舞臺布景以電視牆組成，所有的場景，皆以電視影像處理，一開場，是個全黑的場景，接著，傳來一聲很深的呻吟，「唉！唉！……。」那呻吟聲久久不斷，緊接著，電視牆上出現五官的特寫鏡頭，眼、耳、口鼻等相繼出現，每張被放大的器官特寫，都是拼貼而成，因為拼貼的技巧不高明，每張照片看起來，都因醜陋不堪而顯得充滿了詭異的氣氛。

突然間，爆出車禍的巨響，緊接著驚叫聲、哀嚎聲不絕於耳，電視牆上巨大的耳朵特寫轉瞬間變得支離破碎，之後，螢幕上出現幾行字，

「一九九八年八月八日，車禍之後，我失去了聽覺，但腦海中，多了這些支離破

碎的片段。」

字幕之下，舞臺上燈光漸漸明亮，伴隨著燈光亮起的同時，舞臺上爆出一長聲的吶喊，「啊——」之聲不絕於耳，舞臺的燈光明亮之後，只見周瑜在舞臺上撕裂著他的耳朵，口中喊叫著：「聲音！聲音！」突然間，諸葛亮喊了聲：

「卡！」

周瑜不解的望著諸葛亮，

「這感覺不對，你的肢體動作必須再卑微一些，你的吶喊，必須再恨、再怨一些，那是種卑微的怒吼，是請求，也是控訴。」

聽完了這話，周瑜重新調整自己的心態，再吶喊一次，但諸葛亮仍是不滿意，

「不是這樣的，不是這樣的，不是無因的狂喊，你要融入你的思想到聲音裡頭，懂嗎？懂嗎？」

周瑜耐著性子再來一遍，諸葛亮還是覺得不行，

「你的喊聲太『志得意滿』了。」

「什麼叫我的喊聲太『志得意滿』了，如果你真的有什麼指教的話，不如你來喊喊看吧？」周瑜此刻也不禁開始有些憤怒了。

「我承認，我也無法去揣摩，但是，這吶喊是全劇的引子，如果不能讓觀眾在此刻去體會你的心境，那後來的演出多少都會令觀眾感到突兀。」

周瑜、諸葛亮兩人都能感受對方的立場，但卻不願退步，只能僵在那兒，小喬見他們兩人僵持不下，遂跑出來打圓場，

「我想，也許我們可以先排演後面的劇本，也許可以藉由後面人物的性格，來帶動前面的情緒。」

「沒用的！」諸葛亮搖搖頭說，

「這齣戲，是以主角的悲劇性格所發展出來的，如果沒辦法融入劇中人與生俱來的悲劇性格，而僅止於表面膚淺的機械融合，那便無法將情緒傳達給觀眾，每個失效的舞臺傳達將導致觀眾的無所適從，一旦如此，則佳里在第二幕獲得聲音的喜悅，第三幕的疑惑和自殺的終局憤怒，都將無所附麗，整齣戲的精神消失了，觀眾也會如墮五里霧中。」

「有這麼嚴重嗎？還是這只是你個人主觀的想法。」周瑜聽了諸葛亮的解釋，心生不滿的反駁著，諸葛亮見著周瑜的憤怒，心中只覺無奈。

「你知道嗎？你演這戲，就像是個富家子在扮乞丐，過去的你太順利了，根本找不出一絲一毫值得你吶喊的因子，也許，你的本質根本就不適合這個角色。」

聽完諸葛亮不留餘地的評論，似已無轉圜餘地，周瑜靜靜的望著諸葛亮，眼神中充滿了絕望，

「好吧！一切都依你吧。」

說完，他低著頭，轉身便走下舞臺，他緩步走著，心中充滿了淒苦，

「過得太順遂了！這是什麼理由？這是什麼理由？難道，這是我的錯嗎？」

突然間，周瑜好想大叫，好想，好想，在他要步出小劇場門口的剎那，聽見諸葛亮大聲的說：

「周瑜，你是懦夫，你不敢面對，逃避現實。」

周瑜聽見諸葛亮的這番話，心中更增氣憤，他已經選擇退出，為何還要這般羞辱他，不自覺的他如決堤般的喊了出來，那怒吼迴繞著全場，久久不散，全場的人頓時都驚住了，等到周瑜回過神來，看著全場，他才驚覺自己的方才的無意識，

「我在幹嘛！我在幹嘛！」

此刻的他真覺得自己醜態百出，只想趕快離開這兒，突然，一雙有力的手拉住了

他，

「就是這樣了，就是這樣了，」

周瑜只見諸葛亮興高采烈的說著，望著他的表情，真有恍如隔世的感覺，他呆了半晌，才緩緩的對諸葛亮說：

「敗給你了！」

說完這話，全場的人都如鬆了一口氣般，大家笑著、鼓掌著，歡迎周瑜的歸隊。

突破了這層障礙之後，這戲的排演異常順利，不論是演員、和聲、配樂還是布景，果然都如諸葛亮所言，都在周瑜的怒吼聲中被激發出來了，全劇的精神，就在這種團隊的合致下，凝聚起來。

「你知道嗎？真正好的演員，真正投入的演員，他和他的角色，是偶遇的，是邂逅的，不是演員自己去創造一個形式來拘束自己，而是讓形式降臨到你身上，在時空背景的壓力下，你宛如劇中人，所以，一個優秀的演員，需要有豐富的經驗和適應力，無時無刻，他都能讓角色充分的發揮，不論是舞臺上，或是在舞臺下。」

諸葛亮在大家排演完後語重心長的說著，大家聽了，似乎都心有所悟，尤其是周瑜，他腦海中不斷浮現方才他激動離開的憤怒心情，畫面中穿插著諸葛亮所說的幾句話：

「……他和他的角色，是偶遇的，是邂逅的，不是演員自己去創造一個形式來拘束自己，而是讓形式降臨到你身上。」這句話似乎啟發了他一些觀念，但他依舊似懂非懂，小喬見周瑜呆呆的模樣，忍不住走到他身邊說道：

「想什麼？」

「你說，如何才能讓形式降臨到你身上？」

小喬低頭想了一下，然後說道：

「舉個簡單的例子說吧，你以前有沒有過恐懼的經驗？」

「有！」周瑜腦海中瞬即反射出他國中時期因好奇看了一本靈異照片的書，書中盡是無意中拍攝到的地縛靈，有無影子的，有鏡子照不出影像的，有透明的，有猙獰的，一幕幕都深深印在當時周瑜小小的心靈中，也因此，周瑜恐懼了一段很長的時期，在那段時間裡，他總是以為後面有個背後靈在窺視著他，一旦他照鏡子，他便常想像那靈魂會突然出現在鏡中，一旦他閉上眼睛，那恐怖的影像便纏繞在他腦海中，他每每被弄得驚懼不已而無法入眠，一直到現在，他還心有餘悸。

「你還記得當時你恐懼的表情嗎？」聽到小喬的問題，周瑜仔細的想著，卻發現自己無論如何都想不起自己當時的表情，於是他便搖搖頭。

「那就對了，很多演員以為表演重在表情、聲音，其實，你內心中的感覺才是角色真正重要的元素，所謂形式降臨於你，是你有身歷其境之感，所謂與角色邂逅，那是與你所扮演的角色有相同的經驗，快樂他的快樂，悲傷他的悲傷，簡單來說，就是你能「同情」他的處境，當你瞭解之後，你便自然而然成為他的代言人，你的一舉一動，也就理所當然成為他的最佳寫照，劇本中的角色，沒有一定固定的表情，就好像恐懼，每個人的詮釋方法也不同，重要的是，你如何瞭解劇中人真正的心情。」

聽完小喬的話，周瑜怔怔的望著她，他從來沒想過，這個他一直以為需要他照顧的女孩，曾幾何時，自己竟然需要她來指導了，

「她長大了，她真真是個大人了！」周瑜心中這樣想著。

「如果你的經驗不足，無法促使形式降臨呢？」周瑜這樣回問著。

「演員，本來就該不斷的去累積他生命中的深度，我想，一個優秀的演員，應該去嘗試所有的事物。」

「如妳所說，那扮妓女的便該下海，扮黑社會的便該入幫？」

「那又如何呢！你沒接觸過妓女，你怎能說你瞭解她們，你知道嗎，你就是因

為太順遂了，才會被認為太志得意滿了，你該學著去尊重所有的人，包括那些犯錯的人。人，是社會化的產物，所以，一個人即使有錯，他也有極大應被社會諒解的空間。」此刻的周瑜聽了他這番話之後，腦海中突然湧現了許多的想法，

紅酥手，黃縢酒，滿城春色宮牆柳。東風惡，歡情薄。一懷愁緒，幾年離索。錯、錯、錯。

春如舊，人空瘦，淚痕紅浥鮫綃透。桃花落，閑池閣。山盟雖在，錦書難托。莫、莫、莫！

「難道，我真是溫室理的花朵？」

周瑜的內心在吶喊，

小喬見周瑜悲苦的表情，心有不忍，

「也許，在人生的舞臺上，我們，的確都該再努力學習。」

「是啊！是啊！」小喬見周瑜喃喃的唸著，她知道他會有所改變，這場春季公演，他們都學到了許多，在即將開演的前夕，在眾多期盼的壓力之下，即使還沒聽到

掌聲，她也覺得不虛此行了。

折戟沉沙鐵未銷，自將磨洗認前朝。東風不與周郎便，銅雀春深鎖二喬。

透過心靈的磨洗，周瑜的東風，正自開展——。

第十五章

緣起

呂布在活動中心的彈奏，在極短的時間內，便傳遍了整個校園，當張飛、關羽努力排戲，希望貂蟬欣賞之際，突然聽人談論這個消息，心情不禁沉了又沉。

「我看，我現在的心情可以去演佳里了，我聽到這個消息，比耳朵聾了還難受。」

關羽聽到張飛絕望的說著，本想安慰他的，但他也無能為力了，呂布，原是比他們還強太多的對手啊！

「血染征袍透甲紅，當陽誰能與爭鋒！」

貂蟬，原是有眼光的啊，原先，他以為呂布的性格會造成他和貂蟬間的障礙，他沒想到，呂布，竟會有如此大的轉變，當時在活動中心見到呂布那幅稱他們為英雄的照片時，他便有今日的隱憂，

「沒想到來得這麼快！」關羽心中糾結著，

「他輸了一場球，卻贏回他的人生，他，真值得了！」

星期五的傍晚，空氣中漾著濕濕涼涼的氣息，今天，是貂蟬和呂布第一次正式約會的日子，也是話劇社正式公演的日子，呂布穿了一件黑色的直筒牛仔褲，配上黑

色的皮短夾克，更顯出他身材的修長，遠遠的，只見貂蟬穿了一身白素洋裝，遠遠走來，

「月出皎兮，佼人僚兮，舒窈糾兮，勞心慘兮。」

呂布望著貂蟬，不禁想起詩經中的句子，貂蟬見他呆著，若有所思的樣子，不禁問道：

「甘兄，當機否？」

「哪裡！哪裡！豈敢！豈敢！」呂布俏皮的回答著，

「你在回答什麼啊？」

「真是抱歉，方才電腦當機，所以出現亂碼，別見怪！」

「阿甘，賴皮喔！」

「哈哈！實在是你電力太強，佼人僚兮，我便勞心慘兮。」

「唉！有時候，真的很難把你跟先前那個『英雄』聯想！」貂蟬說完，呂布只是靜靜的，貂蟬見他不發一語，便又問道：

「甘兄，又當機了嗎？」

「哪裡！哪裡！豈敢！豈敢！」

「疑，這次回答，怎麼又聽來非常恰當。」

「這表示我有先見之明啊！哈哈！」望著呂布開心的笑容，貂蟬也跟著高興起來，畢竟，她是希望他高興的。

「吃飯嗎？」呂布假裝正經的問著。

「想當然爾，難道你想賴掉這餐嗎？」

「哪裡！哪裡！豈敢！豈敢！」

「你這句話到挺好用的嗎！」

「哪裡！哪裡！豈敢！豈敢！」

「甘兄，我想你真的燒壞了，如果你再出現亂數，我也要依樣畫葫蘆了。」

「畫怎樣的葫蘆？」

「再說！再說！再見！再見！」

「好說！好說！認輸！認輸！」

「嗯，這才乖嗎！走，帶你去吃傻瓜麵。」

「傻瓜麵？難不成你真認為我燒成了傻瓜？」

「傻瓜！不吃傻瓜麵的才真是傻瓜。」說完，貂蟬拉這呂布的手便走，呂布只是

笑笑的搖搖頭，貂蟬回頭看他傻笑不禁問他，

「笑什麼？」

「傻瓜麵都吃得了，難道笑不得？真是「只許州官傻瓜，不許百姓傻笑」。」

「貧嘴！」

他們兩人就這樣一路吵吵嚷嚷到了麵店，當老闆端出兩碗未加任何調味料的乾麵上桌時，呂布立刻大呼上當，

「你看，連佐料都沒有，這回，真成了傻瓜了！」

「別瞎嚷嚷，這的烏醋和辣油是要自己加的。」

「是嗎！沒想到花錢還要兼當店小二！」呂布便象徵性的加了一些烏醋和辣油，當他把麵拌勻，吃入第一口時，酸酸辣辣的，感覺非常順口。

「怎樣，麵不可貌相吧！」貂蟬得意的說著。

「當然，我拌的麵，那還有差的？」

「貧嘴！」

「就是嘴貧，才吃這麼清淡的麵。」

「嫌清淡，那還不簡單嗎！」說完，貂蟬便又加了大半瓶的烏醋下去，突然間，

兩聲「唉憂！」一起冒出，一聲是呂布喊的，他睜睜的看著貂蟬，只見貂蟬搖搖頭，隨即他們望向老闆，只見他虬著眉頭，貂蟬遂小聲的對呂布說：

「這碗麵，無論如何你得吃完，否則，老闆那就難交代了。」只見呂布皺著眉，三口兩口的往肚子裡吞，嘴上還不滿的說著，

「這種吃像，真真成傻瓜了。」說完，兩個人都笑了。只有老闆，還虬著眉，心裡想著：

「不知誰才是傻瓜……。」

晚上，七點開演的時間還未到，小劇場外，就擠滿了人，呂布好像又回到了當初新生盃籃球賽的場景，一幕幕在他腦中流轉著，他淡淡的想著，臉上也樣著淺淺的笑意，突然間，張飛和關羽的影像如真實般矗立在眼前。

「嗨！貂蟬，你來看我們公演嗎？」張飛撇開呂布，關心的問著，呂布見張飛的表情，彷彿方才的烏醋和辣油傾倒在周圍般，酸味十足。

「是啊！是小喬通知我的，我見過劇本，很具戲劇張力，我很有興趣，對了，張飛，你演什麼角色？」

張飛聽見貂蟬這麼問，心涼了半截，

「劇本上有我嗎？」他不知道如何跟貂蟬解釋他這個「靈魂角色」，一時間，竟楞楞的說不出話來，關羽見狀，遂替他說，

「賣個關子，待會，看了就知道了，現在，時候不早了，你們先進場吧，我跟張飛也該去準備了。」說完，拉著張飛便走，幾年來，暗戀的情愫似乎都在見到呂布之後，一股腦的湧現出來，一隻手，緊緊握著張飛不放，恍惚中，彷彿他就是貂蟬，他真不願，讓她離去。

「放開我！」張飛被關羽拖到後臺，心生不滿的回應著，兩雙眼睛瞪視著，兩個人都知道對方的心意，對方的苦。

「也許，這樣的結局最好吧！」關羽先開口說著，

「什麼？」

「這樣的結局，維繫了我們的友誼！」

「你真能自欺欺人，這種狗屁叨糟的友誼，怎麼跟貂蟬比？」

「小子，見色忘友！」

「彼此！彼此！」

「哈哈！你說的對，沒有呂布，我們也不會相讓的。」

此刻他們倆人互望著，突然，他們感受到那種休戚與共的同袍之情，不禁相視而笑，關羽笑著問道：

「戰爭結束了嗎？」

「結束了。」張飛笑答著。

第十六章

緣滅

七點整，一幕幕支離破碎的場景，靜靜的震撼著人心，周瑜的怒吼，果然令人動容，小小的劇場中，那喊聲，驚住了每一個曾經受傷的靈魂，沒有機械的加工，自然的音調，緊緊的扣著人心，佳里雖然自大，但他似乎是每個人內心深處某一角的翻版，大家如被觸動般，對他產生了同理，當佳里重新得回他聽覺的那一刻，對大多數的觀眾而言，那不是種奇蹟，而是種解放，釋放他們與生俱來的罪惡感，但對劇中的佳里而言，他的喜悅顯得很孤獨，找不到人同他分享，觀眾都在為他吶喊：

「誰能懂他？誰能懂他？」

大家的記憶，似乎一直停留在佳里最初的狂喊，一個有那麼深刻悲慟的人，他們不忍再讓他由如此的喜悅中再次沉淪，但他們都一次次的失望，到最後，大家把希望寄託在小喬所飾演的女主角身上，而她，竟給了他最致命的一擊，透過音樂低沉的怒吼，佳里手上的刀子，宛如架在所有觀眾的脖子上，而隨後佳里體內流出的血，便一滴滴的汨進了每一顆感動的心中。

當戲落幕，全場報以最熱烈的掌聲，觀眾似乎想彌補似的為佳里狂烈喝采著，此刻呂布卻執起貂蟬的手，帶著她離開，在燈光稍亮的地方，貂蟬偷偷看著呂布，發現他正肅的表情下，眼框中，竟留有未乾的淚痕，她輕輕的問：

「怎麼樣？」

「什麼怎麼樣？」呂布倔強的回答。

「這齣戲啊，我看你挺有感覺的！」聽完這話，呂布似乎又陷入很深的沉思中，對於佳里這個角色，他認為他和他有著極大的相似度，相同的自大、相同的悲劇和相同的怒吼，從小，他就一直被貧窮所苦，所以，雖然他有著異乎常人的優異特質，但是，他總覺得別人對他的欣賞總帶著憐憫，也因此促使他與人群越來越遠。

「天亡我，非戰之罪也！」

這些年來，他一直活在自己的孤獨中，他早就累了，直到遇見阿丹，這真是他最值得慶幸的大事，也是他和佳里最大的不同點，導致佳里走向死亡，而他卻重新活過，此時，他靜靜的望著貂蟬，他由衷的感謝，

「遇見你，是我這輩子最幸福的事。」貂蟬聽了，臉不禁紅了，

「怎麼了！突然這麼說？」

「我……！」呂布想說些什麼，無奈內心一陣激動，不禁又紅了雙眼，他怕貂蟬見到，便別過頭去，貂蟬見了，心中也是一陣不忍。

「謝謝妳今天的傻瓜麵。」呂布慎重其事的說。

「傻瓜，麵是你請的！」

「對喔！吃成傻瓜了。」

「我們回家吧！」

「我送妳。」

「別了，你還是快回去吧，我家就在附近，我走回去就好了。」

「可是，現在太晚了。」

「我看現在的你，比我還脆弱，我看該是我送你吧！」

「唉！拗不過你，好吧，千萬要小心。」

「嗯！你也一樣。」

順著紅磚人行道，周圍車水馬龍的，呂布心想，應該不會有問題，望著貂蟬的背影，滿心的滿足和孤獨同時襲擊著他，他回想今天戲劇的一幕幕，曾經有無數次，他都曾想過和佳里一樣的結局，但他不甘心，他雖然是眾人崇拜的對象，但他心中卻有難以排遣的苦，回首過往，貧窮、孤獨和誤解，一幕幕在他腦海中翻轉，他感覺此刻的他，真是太幸福了。

「我一定要盡我所能的保護她。」

貂蟬順著紅磚人行道走著，心中不斷映現出呂布孤苦的表情，她不很清楚呂布的過往，但他的表情，讓貂蟬知道，他心中有很多的苦，他在她心中，一直是岩石的象徵，她知道，有什麼苦，他也是不願讓她分擔的。

「我一定要盡我所能讓他重拾歡笑。」

貂蟬走著，突然發現後頭有幾個人似乎在跟蹤她，她不敢回頭，怕打草驚蛇，只是稍稍加快了她的腳步，才一瞬間，幾張流里流氣的面孔便出現在她眼前。

「是你們！」

貂蟬認出這些人是之前在椰林大道騷擾她的幾個無賴。

「嘿嘿！妳忘不了我們，我們更忘不了妳，我們已經跟蹤妳好幾天了。」話才說完，他們便亮出預先藏好的刀刃，四五個大男人強押著貂蟬到附近一處未完成的工地，貂蟬死命的掙扎，但無奈力量太小，手口又都受制於他們，他心急的只能扭動著身子，但反而更引起那幫人的獸慾。

他們塞了布條到貂蟬口中，兩個男的壓住貂蟬的手和腳，其他人三兩下便扒去貂蟬的衣褲，貂蟬使出全力想去掙脫，但她依舊無能為力，之後，一陣陣椎心刺骨的痛如原彈般轟炸著她，她內心充滿了痛苦、憤怒和絕望，殷紅的血汨汨的流出，

「救命！你們這些禽獸！你們這些禽獸！救命！」她瘋狂吶喊著，她痛苦受著他們魔鬼般的折磨，一次又一次的，

「死吧！死吧！希望我的血就此流盡……。」

當呂布回到家中，他撥電話給貂蟬時，發現她竟還未到家，他心中有股強烈的預感，

「妳千萬不能出事！」

他立刻騎了摩陀車，順著貂蟬走的人行道去巡察，一直到貂蟬給他的住址，但仍未發現貂蟬的蹤影，他再次打電話，發現電話那頭也一樣的擔心，呂布開始心慌了，這時他就著馬路，放聲狂喊：

「貂蟬！貂蟬！」

他不在乎別人驚異的目光，他使盡全力，那貂蟬的嘯聲，似乎貫穿天際，直直遠遠的，傳向每一個角落。

貂蟬在恍惚中，似乎聽見呂布呼喚著她，此刻，那些禽獸已逞完獸慾，在一旁喝著酒，貂蟬拿掉口中的布條，奮力的喊著：

「呂布，救我！」

貂蟬這麼一喊，那些傢伙的酒意全醒了，他們立刻上前去要綑綁貂蟬的手腳，並封住她的口。

呂布在隱約中，似乎聽見在那未完成的工地中，有人喊著他的名字，

「不會是她吧！」

他狂奔而上，發現貂蟬正赤裸裸的和這些禽獸抵抗著。

「貂蟬！」

他大喊一聲，抄起地上的木條，橫頭便打，力量下了十足十，只在瞬間，兩個人便應聲倒地，抱著頭痛苦的呻吟著，另三個，知道呂布的厲害，奪門想逃，呂布橫棍便攔，他們本來便害怕呂布，加上呂布因憤怒而散發出的駭人眼神，更加深他們的恐懼，三個人不斷退後，眼前只有呂布的棍棒飛影，手、腳、胸和頭，全都早已傷痕累累，最後，他們三人蜷縮到牆角，口中喊著：

「饒了我吧！饒了我吧！」

呂布像失了人性般，不停手的揮著，直到他們三人，都沒了氣息。

附近有人聽見裡頭的哀嚎聲，便打了電話報警，當警方到臨，只見呂布抱著貂蟬，不發一語，地上，則是橫陳著五具生死未叵的軀體。

呂布經過警方偵訊，以殺人罪移送，收押在看守所中，出庭的時候，他便只是忿忿的重複說著：

「那些人該死！該死！」接著就是狂笑，羈押庭中，他無視檢察官和法官的存在，每一次開庭，呂布被判重刑的可能性就加了一分，諸葛亮聯繫著法律系的教授、律師學長們要聯合為他辯護，但見到他的行徑，都心灰意冷了，

「呂布，正當防衛，是有很大彈性空間考量的，但你要配合，說出他們你不得不致他們於死的理由，當時確實不得已，不致他們於死，你們兩人要活命，根本無期待可能性，這樣，才有勝訴希望……。」

諸葛亮說完，只見呂布低垂已久的頭終於抬起，

「謝謝你！雖然我們只是萍水相逢，我殺他們，理由很簡單，他們該死，他們那樣凌辱她，我不能讓他們活著！」

此時兩雙眼睛對望，諸葛亮看出他眼中的堅持，

「我懂了，你好好保重吧！有沒有什麼要我幫忙的？」

「她還好吧？」

呂布一直不敢去面對這個問題，因為，當晚她被傷的是如此的重，只見諸葛亮不發一語，心情沉到了谷底，呂布見他這種神態，便緊張的追著問：

「她怎麼了？她怎麼了？」

只聽見諸葛亮靜靜的回答著：

「當天晚上，她便上吊自殺了！」

呂布聽了，只覺一陣暈眩，諸葛亮由口袋中拿出一封信遞給呂布，

「這是她要給你的，本來，想等你這事情結束後再告訴你，現在，我想是你該知道的時候了！」

呂布顫抖著手，緩緩的攤開信來：

阿甘：

我還是喜歡這樣叫你，當你看到這封信時，我已經是在天上的天使了，你喜歡天使嗎？

第一次見到你，就覺得你很特別，籃球場上，當你說出你對英雄的定義時，我真的驚住了，

「好狂的人！」

在這之前，我一直以為，人在年少的時候，未能輕狂些是件遺憾的事，但對當時的你，我則是覺的太過了，

「你不能這樣的啊！把人壓的好低好低。」

但當時，很奇怪的，我並不討厭你，

「也許，你有你的苦衷吧！」

才第一次看你打球，我便有很深的內疚了，你不只是行，你是太行了，你真的做到了你所謂的英雄，回想你的話，我不禁面紅耳赤，見到你在籃球場上的勇冠三軍，我突然有很自私的念頭，希望你能不要贏，因為，這樣多少可以減輕我的自卑，最後的時刻，當你躍身灌籃時，我的心緒亂成了一團，恍惚間，我竟不自禁的喊了出聲，當我看到你回望我眼神中的絕望，我立刻就後悔了，

「我希望你贏！」

我祈求著上天，你這麼自信，你不該輸這場球的，會後，我試著找你，但你不理

我了，往後的每一天，我都期待能再遇見你，彌補我的歉疚。

那天，小喬告訴我，你得了攝影比賽的冠軍，她還沒說完，我便急得拉她去看，你！真的帶給了我一個大禮物，我壓抑好久的心，就在那幅「英雄」的照片中，被鬆綁了，感謝你的改變，走出活動中心，我覺得好輕鬆，直到遇到那些人，那些人！他們將我帶向你，卻也將我拖離你，那些人……。

那天，其實我並沒事先走開，我躲在椰子樹後，我好擔心你，我一直跟在你後面，直到了你進了計算機中心，那時，我突然有個念頭，我立刻奔到文院的電腦室上了網，我想你一定不會發現，那個「一無所有」是才剛設的，那是為了吸引你的注意才設的代號，從你上站的時間，你的Plan，我想，那應該是你，在網路上的你，風趣異常，曾經，我以為我弄錯對象了，感謝天，醉月湖畔出現的是你，感謝天！

在活動中心，我聽到了一生中最美妙的音符，我不懂交響樂，但是，我和你有著相同難以言喻的喜悅，那樣的音符，浩浩的震撼著我，我想，當時的我，一定有些得意忘形了，真想婆娑起舞，為那樣的音樂，為那樣難得的心情。

那天，我實在不該拉你去看這戲的，本來，我以為這樣的戲會使你有所改變，沒想到，你竟陷溺到劇情中了，抱歉，真的很抱歉，看到你痛苦，我真的後悔了，我真傻，竟妄想改變你的心，真傻，是嗎！

回想這些事，我的心，突然便得好平靜，真的，謝謝你帶給我的這一切，我想，我的這一生，沒白走這一遭了。

認識你，從沒要求過你，可以答應我一個願望嗎，只有這一個，我想你會願意的，是嗎，問題就在背面。

PS：若你不答應的話，就不准翻過來看。

呂布毫不猶豫的翻過面來，只見上面寫著：

「好好的活下去！」

才讀罷，他再也抑制不住自己的情緒，眼淚由他眼眶中滾滾流出，

「老天！老天！為什麼？為什麼？」

「我不答應妳！我永遠都不會答應妳的！」

隔天清晨，呂布被發現自己以頭部強烈撞擊牆壁而死，牆壁上血痕片片，腦漿散落一地……。

一年後，周瑜、諸葛亮、張飛、關羽和小喬，他們又相約到呂布和貂蟬的墳上去祭拜，淒冷的十二月天，空氣中漾著冷冷微濕的氣息，似是天的哭泣，每個人，想起過往，都是一陣鼻酸，站在山頭，風輕輕的吹著，大一的那一段年少輕狂，似乎又被揚起，新生盃籃球賽、雙姝影展、校園春季公演……等，一幕幕又重在流轉，此刻，只聽見諸葛亮低低的吟著：

「滾滾長江東逝水，
浪花掏盡千古英雄，
是非成敗轉頭空，
青山依舊在，
幾度夕陽紅……。」

國家圖書館出版品預行編目資料

三國／李慕著. --初版.--臺中市：白象文化事業有限公司，2022.6
面； 公分
ISBN 978-626-7018-52-1（平裝）

863.57 110013016

三國

作　　者　李慕
校　　對　李慕
發 行 人　張輝潭
出版發行　白象文化事業有限公司
412台中市大里區科技路1號8樓之2（台中軟體園區）
出版專線：（04）2496-5995　傳真：（04）2496-9901
401台中市東區和平街228巷44號（經銷部）
購書專線：（04）2220-8589　傳真：（04）2220-8505
專案主編　黃麗穎
出版編印　林榮威、陳逸儒、黃麗穎、水邊、陳媁婷、李婕
設計創意　張禮南、何佳諠
經銷推廣　李莉吟、莊博亞、劉育姍、李如玉
經紀企劃　張輝潭、徐錦淳、廖書湘、黃姿虹
營運管理　林金郎、曾千熏
印　　刷　基盛印刷工場
初版一刷　2022年6月
定　　價　220元